妖怪客棧 1

THE MONSTER INN

姑獲鳥的紛爭

楊翠 —— 著

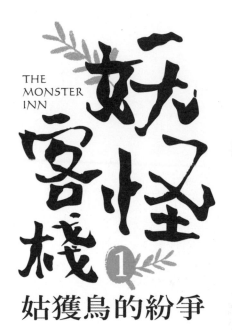

作者序

你相不相信這個世界上有鬼神精怪？

當你年紀還小時，如果不聽父母的話，父母會不會嚇唬你呢？我小的時候，每天夜裡淘氣，我家大人總是喜歡瞪大眼睛說：「麻老虎來了！」每一次我都會害怕得直發抖，乖乖按照大人的要求去做。

我家住在鄉間，夜裡一片漆黑，每次我望向窗外時，心裡都明白極了：那可怕的麻老虎肯定就躲在某棵樹下，或是某片草叢裡，對我虎視眈眈。

麻老虎到底是什麼？惡鬼、妖精、怪物？我開始念書之後，再聽到大人用相同的話嚇唬我的弟弟時，便忍不住思考這個問題。那時的我已經不相信麻老虎的存在了，所以不禁嘲笑眼前的弟弟和幼年時的自己，怎麼會被大人如此簡單的謊言欺騙。

自從《妖怪客棧》出版後，我被問過好多次：你相不相信這個世界上有鬼神精怪？我膽子小，怕黑，擔心鬼怪的攻擊，夜裡我比較相信；白天沒那麼害怕，便沒那麼相信了。不過，是否相信真有那麼重要嗎？就算它們真的不存在，我也可以假裝相信，因為，並不是所有事物都必須存在於現實世界中，它們也可以只存在於我們的腦子裡。

幼時的我明明那麼害怕，為何還會一次次望向窗外？也許，我想要找到麻老虎，我有些盼望見到它，確定它不是父母的謊言。如今我不會千方百計要確定它是不是真的，因為在我心裡，它永遠不會消失。其他的妖怪、精靈也一樣，它們被古人寫成文字，有人閱讀，便會一直流傳。

因此，希望你閱讀本故事時，相信或者假裝相信妖怪存在。

也希望帶給你一次愉快的閱讀體驗。

二〇一八年九月二十日

妖怪客棧平面圖

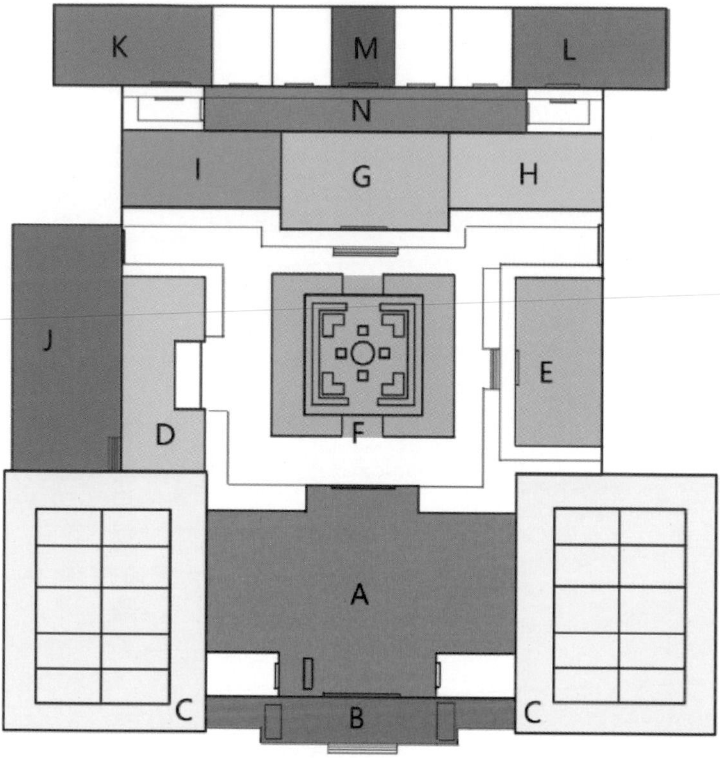

A

主廳

妖怪舉辦宴會的地方，燭光永遠不熄滅，食物永遠吃不完。

B

門廊

進入妖怪客棧必經的走廊，可以把無關的人類擋在門外。

C

客房

每間客房牆上的圖畫，會隨著妖怪房客的心情變化而變化。

D

經理室

客棧經理——鼠妖柯立的辦公室。

E

雜物間

堆滿了妖怪房客的奇怪物品，只要有耐心就能挖到寶貝。

F

中庭

種滿仙草、泉水叮咚的庭院，變幻著五彩的光。

G

貴賓室

歷代妖怪客棧老闆接待客人的地方。

H

穿堂

連接中庭和後花園的屋子，風景隨著進入的妖怪不同而變幻。

I

書房

堆滿了各種妖怪書籍，有的書本身就是個妖怪。

J

伙房

妖怪客棧的廚房，鼠妖柯立兼任主廚。

K

大客房

最高級的客房，住起來更舒服。

L

人類客房

客棧小老闆李知宵的住房，布置得適宜人類居住。

M

清潔工具間

妖怪客棧的清潔中心，負責這項工作的是螃蟹精轟隆隆。

N

後花園

種植了散發妖氣的植物，能帶給妖怪好心情。

人物介紹

李知宵

人類男孩，擁有八分之一的妖怪血統，是妖怪客棧的現任小老闆。剛開始，他對妖怪的世界既喜歡又排斥，但在妖怪的幫助下慢慢認清了自己的責任。

柳眞眞

人類女孩，李知宵隔壁班的同學，出身於法術師世家。她的夢想是成為世界上最厲害的捉妖師。她性格直爽，痛恨說謊，一看就絕對不是普通人。

曲江

山羊妖，在妖怪客棧住得最久、年紀最大的妖怪。他像爺爺一樣關心、保護著李知宵，在妖怪的心目中也是最可靠的前輩。

沈碧波

人類男孩，李知宵的同班同學，從小被姑獲鳥收養，披上羽衣就能變成姑獲鳥。他對自己的身分感到苦惱，在姑獲鳥之鄉大戰後，終於認識到忠於自我的可貴，和養母的關係也更加親密了。

螭吻

龍王的第九個兒子，性格放蕩不羈，時常鬧笑話。他深藏不露，一直在默默保護著妖怪客棧，是李知宵的法術師父。他的原形是龍身鯉魚尾的大妖怪，能呼風喚雨。

柯立

鼠妖，妖怪客棧的經理兼主廚，有三個分別叫包子、餃子和饅頭的姪子。這一家子都對「吃」和「八卦」相當有研究。

茶來

一隻把毛染得花花綠綠的貓妖，是螭吻的跟班，說話刻薄，但特別能幹。和普通貓一樣，他只對「吃了睡、睡了吃」感興趣。

十九星

姑獲鳥家族的現任首領，也是沈碧波的養母。法力無邊，能變成美麗的五彩大鳥，沈碧波是她最大的弱點。她非常溺愛沈碧波，後來意識到孩子長大了，才學會了放手。

十九月

姑獲鳥首領十九星的姊姊，因為沒有當上首領，對妹妹懷恨在心，發動了妖界大叛亂。

斑

守護姑獲鳥家園的神祕妖怪，平時只以小男孩的外表示人，但真實身分似乎比螭吻還要高貴……。

目次

楔子 010
第一章 妖怪客棧的小老闆 012
第二章 小老闆的新工作 028
第三章 兔妖阿吉的夢裡花 045
第四章 滿財綁架案 058
第五章 鼠妖雅集 072
第六章 誤入姑獲鳥之鄉 086
第七章 奇怪的斑點 103
第八章 給妖怪看病的醫院 120
第九章 各顯神通的妖怪房客 130
第十章 月湖裡的祕密 139
第十一章 姑獲鳥少主的身世 151
第十二章 知宵變成鳥兒 165
第十三章 姑獲鳥的叛亂 178
第十四章 暴風雨前的羽佑鄉 191
第十五章 知宵收服了山妖 196
第十六章 春分之約的惡夢 202
第十七章 重獲自由的斑 220
第十八章 羽佑鄉的真面目 237
尾聲 246

楔子

告訴你一個大祕密，妖怪一直生活在人類世界。許多妖怪都喜歡變成人類的模樣，待在我們身邊。不要懷疑，從我們頭頂掠過的鳥兒，從我們腳下跑過的小貓，甚至從我們耳邊吹過的風，還有打我們身邊經過的看起來很普通的人，都可能是妖怪。

然而，並不是所有的妖怪都神通廣大、法力無邊，很多道行不深的妖怪弱小又笨拙，擔心被同伴欺負，又害怕人類傷害自己。在人類世界裡，他們也要上學，要找工作，要養家餬口。這些小妖怪的生活太不容易了，有時候忍不住就會哇哇大哭，在地上打滾兒。

你或許會想，妖怪怎麼會害怕人類？在我們聽過的故事裡，不都是妖怪捉弄人類，讓人類難過、痛苦嗎？那應該是人類害怕妖怪吧？不能否認，就像人類中有惡棍一樣，妖怪中也有壞蛋。但是，大部分妖怪並不會無緣無故的傷害人類。

我認為，人類和妖怪互相之間缺乏溝通和理解，才會對彼此產生誤會與恐懼。

因此，作為一個了解妖怪的人類，我有義務把我看到的和聽到的妖怪故事毫不隱瞞的告訴你，讓你看看這個世界裡隱藏著的事。

故事發生地就是大名鼎鼎的「妖怪客棧」金月樓。妖怪客棧位於某個很適宜妖怪居住的人類城市裡，破舊又不起眼，許多小妖小怪租住在這家客棧裡。就像你對妖怪的世界好奇一樣，他們對人類的世界也非常感興趣。妖怪房客們互相之間有個照應，就不用獨自面對危機重重的人類世界。

妖怪客棧最初的主人是妖界鼎鼎有名的雪妖，後來她卻失蹤了。現在，她的曾孫李知宵繼承了妖怪客棧。於是，剛剛十歲、僅僅擁有八分之一妖怪血統、沒有任何法力的李知宵，成了妖怪客棧的小老闆。這個男孩就是我們的主角。

李知宵發現妖怪房客欠下了好多年的房租，而且永遠也別指望他們能付清。更過分的是，這些房客還要求知宵保護他們的「妖身安全」。人類孩子保護妖怪，這在人類歷史和妖怪歷史上都聞所未聞！李知宵覺得自己倒楣透了，肩上的責任壓得他直不起腰來。他還不知道，注定要捲入妖怪世界的他，現在所面對的只是一系列麻煩的開始。

放蕩不羈又愛臭美的龍了、披著黑色羽衣的神祕姑獲鳥、把夢境當作甜點的食夢妖，還有狐妖、貓妖、兔妖、鳥妖、鼠妖，都在暗處盯著妖怪客棧，盯著一無所知的李知宵。

第一章

妖怪客棧的小老闆

除夕夜，凜冽的寒風在城市中穿梭，肆無忌憚的拍打著樹枝，吹亂行人的頭髮，又從窗戶鑽進一棟破舊的灰色大樓裡。然後，可怕的風快速穿過走廊，追上了一個小男孩。男孩嚇了一跳，回過頭來看了看，加快腳步前進。大樓走廊兩壁的燭光詭異的搖晃著，配合著狂風，讓這個地方盡量顯得可怕一點，似乎想告訴男孩：「這個地方太危險，快回家去，快回家去。」

這個男孩就是李知宵。他剛剛十歲，圓圓的小臉紅撲撲的，身材瘦小，自然捲的頭髮被風吹得像個鳥窩。

李知宵終於來到走廊盡頭，他深吸一口氣，伸手去推大門。看上去沉重的木門，意外的輕輕一推就開了。明亮、溫暖的燈光，喧鬧的聲音，以及一大堆五顏六色的泡泡朝知宵迎面撲過來，一個又一個陌生的面孔爭相把沉重的花環戴在他的脖子上。知宵的鼻子吸進了花粉，打了幾個大大的噴嚏，眼淚也流了出來。淚眼模糊中，他看到了擠在他身邊的千奇百怪的笑臉，那些笑臉七嘴八舌的堵著他。

「小老闆，歡迎你！」

「小老闆，希望大家相處愉快！」

「今後咱們就是朋友了，有什麼需要幫忙的地方儘管說！」

「謝謝，好的。以後請大家多多關照。」知宵非常有禮貌的回答大家，臉上帶著很標準的笑容。這僵硬的笑容，是知宵練習了兩天的結果，雖然還是個小孩子，但他也想有個老闆的樣子。

知宵怎麼就成了小老闆呢？

對了，這兒是有名的「妖怪客棧」金月樓，也是知宵家的房產。沒錯，圍繞在知宵身邊的都是妖怪。

知宵的曾祖母名叫章含煙，是一個雪妖，在妖界很有名氣。她熱情好客，許多妖怪都喜歡住在她家，也就是金月樓。那些無力自保甚至沒辦法化成人形的小妖怪，也都紛紛上門來尋求知宵曾祖母的庇護。一年一年過去，金月樓慢慢變成了妖怪們的客棧，有些妖怪已經在這兒住了幾十年，一直賴著不走，知宵的曾祖母也不介意。後來，知宵的曾祖母突然不知去向，把妖怪客棧交給知宵的爺爺打理，之後接手的是知宵的爸爸。除了曾祖母，知宵的家人都是人類，所以知宵只繼承了八分之一的妖怪血統，連半點法術也不會。

幾個月之前，知宵的爸爸因為意外過世，一向不喜歡妖怪的媽媽決定賣掉金月樓。房客們不想無家可歸，無奈之下想尋找章含煙幫忙求情，可惜妖怪都很有個性，章含煙怎麼都不肯現身。後來，大家好不容易說服知宵的媽媽，保住了妖怪客棧，還是小學生的知宵，就成了現任小老闆。從此，知宵就是所有妖怪房客的首領了，多麼威風啊！知宵當時暗自高興。

今天晚上的聚會，是妖怪們為了歡迎知宵接任小老闆而舉辦的。大家籌備了很久，想借此機會一掃籠罩著妖怪客棧的悲傷氣氛。前任老闆離世，房客們很難過，一大群妖怪難過起來，情況就不妙了，客棧的空氣變得非常壓抑，讓大家喘不過氣來。描畫在牆上的漂亮鳥兒們，平常喜歡跳來跳去，現在也耷拉著腦袋。

小時候，知宵常常和爸爸一起到金月樓裡跟妖怪們玩。有時候他們會捉弄知宵，讓知宵哇哇大叫，但更多的時候，他們給知宵帶來歡笑。不過，現在知宵是大家的房東，是客棧的老闆，就得樹立威信。妖怪畢竟是妖怪，骨子裡帶著野性，不太喜歡被約束，自己這個小老闆，能不能讓他們心服口服呢？

知宵有些擔憂，但笑容還在臉上。他推開身邊擠成一團的房客，朝大廳內部走去，牆上的漂亮鳥兒們也跟著他緩緩移動。

長著一張馬臉的蜘蛛精八千萬笑嘻嘻的迎過來，文謅謅的說：「小老闆，從今以後，你便正式成為我們妖界的一員了，歡迎你。我個性有些急躁，如果以後多有冒犯，還請擔待。」話音剛落，八千萬突然「砰」的伸出了八隻胳膊，不對，是八條蜘蛛腿，一齊做出作揖的姿勢。

「哇哇哇！」知宵沒想到八千萬會露出原形，他能看清那些蜘蛛腿上的絨毛，嚇得一聲慘叫。八千萬收起自己的腿，抬起頭哈哈大笑起來，其他房客也跟著笑個不停。

一瞬間知宵就明白了，大家根本沒把他這個小老闆當回事兒，和以前一樣，他們完全把他當成小孩子。未來的日子不會輕鬆，知宵的腳步沉重起來。

梳著大背頭的白髮老翁曲江拄著枴杖走過來，對知宵說道：「小老闆，你先給大家說兩句。」他的聲音抑揚頓挫，很有節奏感。

曲江是一隻山羊妖，也是這兒最年長的妖怪。他很喜歡唱歌，說著、說著就會唱起來，雖然歌聲很不好聽，但大家還是很尊敬他。

知宵站在樓梯口，不知道該說什麼。有時候站起來回答老師的問題時，知宵都會緊張得說話結巴。現在他毫無準備，又被蜘蛛精八千萬嚇了一跳，結果一個字也說不出來。

「小老闆怎麼不說話？是不是不喜歡我們？」兔妖阿吉嚷嚷道，嘴裡還叼著棒棒糖。

「沒錯，知宵一臉不情願，一定是討厭我們妖怪住在這裡，覺得我們給他添麻煩了。哼，算了，我們還是搬走比較好。」八千萬拉長了馬臉，加油添醋的說。

「唉！以前的知宵明明是個善良又有同情心的好孩子啊！」兔妖阿吉繼續發揮。

八千萬和阿吉的雙簧表演太精采，其他房客也跟著起鬨。知宵一下子慌了，他不太清楚，大家只是開玩笑，還是真的有這樣的想法。他硬著頭皮說道：「我並不討厭大家，希望大家安心住在金月樓。」

大家也不再發牢騷了，這時，曲江說道：「很好。大家可以吃飯了。」

這句話就是解散的口令，妖怪房客們紛紛擠向擺滿食物的餐桌，開始大快朵頤，那些本來投向知宵的目光全都轉移到了食物上。說什麼是為了歡迎知宵才舉辦的聚會，其實只是大家想吃吃喝喝罷了。知宵心裡有些不高興，可是，他又想到自己被一隻蜘蛛嚇得哇哇叫，覺得很丟臉。

知宵有些生自己的氣，他猛的拉開座椅坐下。奇怪，這椅子卻突然像有了生命一樣蹦到空中。知宵的頭「砰」的一聲撞上天花板，眼前直冒金星，還沒反應過來，就跌落到了地板上。

在他身邊，那把椅子「噗」一下變成了小胖子白若——那是妖怪客棧的老房客了，一隻貪吃的麻雀。小麻雀白若邊向大家敬禮，邊說道：「謝謝大家的掌聲！謝謝大家的掌聲！」

大家竟然真的鼓掌叫好。

小麻雀白若的目光又轉向知宵，說道：「謝謝小老闆的配合！」

「我才不想配合你呢！」知宵反駁。

一旁的鼠妖柯立勸住知宵，說道：「小老闆，別生氣，這是我們大家為了歡迎你準備的搞笑節目。」

鼠妖柯立是妖怪客棧的總經理，協助知宵管理客棧大大小小的事務，非常可靠。他個子很高，大冬天卻穿著夏威夷衫和涼拖鞋，褲子皺巴巴的，邋遢極了。

這個節目一點也不好笑，知宵想回家去！什麼妖怪客棧的小老闆，什麼妖怪房客的首領，什麼熱情滿滿的歡迎會，全都是騙人的，大家根本不把他放在眼裡！今天晚上不該來的！趕緊吃飯，吃完就回去！知宵拿起筷子時，山羊妖曲江卻開口了：「知宵，不要著急，你先聽我說兩句。你應該知道，這兒畢竟是你們人類的地盤，妖界大人物也不好管得太多，所以常常有妖怪恃強凌弱。你爸爸過世後，章含煙大老闆不肯露面，時常有妖怪趁機欺負我們，不斷找碴兒，聲稱他們要接手無主的金月樓。雖然他們也不是有多了不得，但說來慚愧，我們還是不怎麼應付得了。現在你是這裡的小老闆，他們也就沒藉口跑來找碴兒了。可是，事情不可能就此了結，知宵，請你今後務必保護金月樓和所有的房客！」

原來是這樣嚴峻的形勢！自己繼承的不僅是客棧，還有長輩們的仇敵和房客們的舊怨。知宵忍不住了，他放下筷子說道：「我保護你們？就算你們的法術再差勁，也比不會法術的我厲害吧？我是房東沒錯，可是我媽媽說，我只需要收房租就好了！」

知宵的聲音很大，一口氣說出一串氣話。嘻嘻哈哈吃喝的妖怪們都停了下來。鼠妖柯立有些傷心的埋下了頭。

安靜中帶點悲傷的氣氛讓知宵不知所措。他突然想到，以前常有妖怪房客跑到家裡，要麼向爸爸傾訴煩惱，要麼請爸爸幫忙解決麻煩事。唉，保護弱小的妖怪房客，是妖怪客棧的傳統。如果早知道威風背後有這麼重大的責任，知宵就不會答應當小老闆了。

「曲江，我真的做不到。請你告訴大家，以後大家要自己保護自己。」知宵小聲說。

曲江完全不把知宵的反對放在眼裡，他說著、說著就唱了起來：「我可不會讓你這麼早就放棄！好好練習的話，說不定你能學會法術，能夠獨當一面。我相信章含煙大老闆也有同樣的想法，所以才故意不現身，想讓你迎接這次考驗。你只是沒準備好而已。放心吧，我會全力幫助你！」

知宵從來沒見過曾祖母，對他而言，曾祖母和傳說一樣不真實。曾祖母真的這樣想嗎？知宵真的能變得像爸爸一樣厲害，一邊過著人類的生活，一邊操心妖怪房客們的事？

「你可是掛著這塊玉珮的人！」

知宵下意識摸了摸胸口掛著的玉珮，它好像叫作「平安扣」。玉佩的形狀像甜甜圈，上面散布著五顏六色的斑點。這曾是曾祖母的寶貝，代代相傳，算是妖怪客棧主人的信物。知宵摸了摸胸口的玉珮，希望它能夠給他力量，可是膽怯依然盤踞在他的心中。知宵賭氣的說：「那我明天把玉珮收起來，不戴了。」

曲江意味深長的笑了，唱道：「但你不能把麻煩也一同收起來呀，它們會自動找上門來。」

這個老爺爺真是烏鴉嘴，麻煩這就來了。

「轟！」

「啪！」

妖怪客棧的大門受到巨大的衝擊，轟然倒下，一個和竹竿一樣細長的男人走進來，他繫著一條花花綠綠的領帶，一臉不屑的掃視著眾妖怪。

自從知宵的爸爸過世，沒人能保護妖怪客棧，最近妖怪房客常常遇到類似的狀況，可是即使打不過，妖怪們也不能輸了氣勢。於是，鼠妖柯立的三個姪子——大田鼠包子、灰鼷鼠餃子和長腿跳鼠饅頭，馬上嚷嚷著衝過去擋在花領帶先生面前。包子嚷嚷著讓花領帶先生賠錢，聲稱這扇門已經有幾百年歷史，是珍貴的古董。饅頭也在一旁幫腔道：「沒錯，不然的話……」

話沒說完，花領帶先生細長的胳膊拂過，他們三個頓時像氣球一樣輕飄飄的飛起來，然後重重的落在餐桌上，湯汁糊了一臉，酒也倒了。他們失去了維持人形的法力，恢復成了原形，躺在地上吱哇亂叫。

其他妖怪一動也不敢動。那位花領帶先生慢條斯理的整理了一下自己的領帶，目光掃過眾妖怪，最後停在曲江身上。

「高飛在哪兒？叫他出來。」花領帶先生說。

高飛在妖怪客棧住很久了，他是一隻八哥妖，化成人形的時候，臉上有兩道蠟筆小新那樣的濃眉毛，以前經常欺負知宵。他在一家妖怪經營的藥房工作，但個性糟糕，脾氣不好，常常惹人生氣。

花領帶先生來者不善，為了妖怪房客們的安全，按理說小老闆就該出面。可是，知宵甚至不敢看這位先生的眼睛，他不由自主的退到了妖怪們的身後，希望柯立或是曲江能想想辦法。

「請問您找高飛有什麼事？」柯立很有禮貌的問。

「和你不相干，少廢話！」花領帶先生非常不耐煩，「快把他叫出來！」

「如果您不說出您的目的，我們怎麼知道您是不是故意找碴兒呢？」

「他偷走了藥房的珍貴藥材。這樣總行了吧？」

妖怪房客們並沒有多驚訝，看來高飛在大家心中的形象不怎麼樣。

小麻雀白若說：「啊，我剛剛好像看到他了！慌裡慌張的，好像故意躲著我們一樣！他頭上還頂著一個大紙箱，說不定就是——」

「如果他回來的話，我們會讓他去藥房見您。」柯立搶著說。花領帶先生冷笑一聲，說道：「少來！一定是你們把他藏起來了，我自己去找！」

花領帶先生直接朝樓梯走去，有些房客想要攔下他，又被他掀翻在地，或者直接被扔了出去。

曲江深吸一口氣，走上前去，一臉嚴肅的說：「不好意思，這兒不是你撒野的地方。」

花領帶先生環視四周的妖怪，冷笑道：「那你們還想怎樣？趕我走嗎？」

曲江沒有說話，他舉起枴杖，擺好架勢，其他妖怪受到鼓舞，也紛紛摩拳擦掌，準備投入戰鬥。只聽曲江一聲令下，大家都撲了過去，將花領帶先生團團圍住。不過幾秒鐘之後，大家都被打飛到半空中，然後摔在地上或是桌子上，哇哇大叫起來。好多小妖怪都被打回原形，小蜘蛛、小老鼠、小兔子、小麻雀四處亂竄。

「先生，你實在太過分了。」說罷，曲江舉起枴杖，嘴裡唱起了古怪的歌。他把枴杖一揮，便有一團灰色的影子從枴杖裡飛出來，化成一隻半透明的影子山羊，直直撲向花領帶先生，想把他一口吞下。

花領帶先生沒有閃躲，當影子山羊碰到他的一瞬間，花領帶先生的身體突然散開，化成一群蝴蝶逃走。很快的，那些蝴蝶撲向了曲江，捲走了他的枴杖。影子山羊消失了，「砰」的一聲，曲江重心不穩，倒在地上。

要知道，曲江可是妖怪客棧裡最厲害的房客，他都如此不堪一擊，大家頓時勇氣盡失。知宵更是手足無措，可是他又覺得自己應該做點什麼。他四下看了看，端起桌子上的一個大碗湯，猶豫著要不要衝出去，把湯潑在花領帶先生身上。

一旁的柯立看到，趕緊搶走了碗，小聲對知宵說：「太危險，不行！你快躲到桌子下面去！」

花領帶先生聽到了說話聲，猛的轉過頭來，凌厲的目光射向知宵，像要把他生吞活剝了一樣。知宵從來沒被人這樣瞪過，嚇得叫了出來，被柯立一把按到了桌布下面。柯立抬頭挺胸，決定無論如何也要保護知宵。其實，柯立除了會化成人形，幾乎不會其他的法術，他也害怕極了。

「那麼，你們慢慢玩。」花領帶先生的每一個字裡，似乎都冒著寒氣。

知宵感到無助極了，忍不住鼻子一酸。不過，他又很不服氣，很不甘心，沒讓自己哭出來。曾祖母到底在哪兒呢？難道她要眼睜睜看著自己的房客和曾孫被一個壞妖怪欺負嗎？她遲遲不肯出現，是不是因為不想再為這群笨拙的妖怪房客操心？

「哎呀呀，自己辦事不力，連隻小鳥妖也找不著，就拿不相干的妖怪出氣，個性真糟糕！哎呀呀，真不要臉！」

一個陌生的聲音從妖怪客棧正門處傳來，莫名的讓人感覺安心。知宵站起來，看到一個三十歲左右的男人懶洋洋的倚靠在門邊。他的身材修長，長相清秀，過肩的長髮卻亂蓬蓬的，至少有一個星期沒梳理過。他穿著寬大的白色上衣和褲子，卻偏偏在外面套了一件邋遢的皮夾克。此外，這個人嘴角掛著笑，臉上還帶著看熱鬧的興奮勁兒。

是人？是妖？無論如何，他都不會是尋常角色。

花領帶先生警惕的問道：「你是誰？」

長髮男子並不回答，只是笑嘻嘻的說：「不好意思，我對蝴蝶過敏，麻煩你離我遠一點。」然後，他揮了揮手，就讓花領帶先生潰散成一群蝴蝶。自知實力相差太多，蝴蝶驚慌失措的從窗口飛走了。

危機就這樣解除了，大家你看看我，我看看你，然後齊齊的看向門邊那奇怪的長髮男子。山羊妖曲江撿起自己的枴杖，一瘸一拐的走過去。知宵見狀，也跟了上去。他這才發現，自己的衣服上沾滿油汙，可能是哪一盤菜潑在身上了。糟糕，今天回家他一定會被媽媽罵。

「敢問您的尊姓大名是——」曲江恭恭敬敬的問。

男子只是笑瞇瞇的看著大家，什麼也不說。又有一些房客圍了過來，打量著這個熱心的高人。只有剛剛捉弄過知宵的小麻雀白若注意到了知宵的狼狽，他嚷嚷道：「曲江、柯立，我們不該把知宵扯進來的，他只是個人類小孩子，太危險了。我們還是趕緊找到章老闆，實在不行，金月樓也待不住了，咱們就散了吧。」

其他房客紛紛同意，曲江摸著自己的山羊鬍子，若有所思。知宵頓時覺得他給大家添麻煩了，難過極了。

真糟糕！可是，爸爸也只有四分之一的妖怪血統，房客們都說他很厲害，為什麼自己就完全沒繼承妖怪的天分，學會一些法術呢？

這時，奇怪的長髮男子彈了一下手指，大家都安靜下來，目光紛紛轉向他。

「我雖然和章含煙沒多少交情，但據我所知，她不喜歡和太多妖怪攪和在一起。恕我直言，她不肯現身，就說明她拋棄你們了呀。你們沒辦法接受這個現實，才死死抓住這個人類小男孩，企圖透過他再次把自己和章含煙聯繫起來。唉，今後這妖怪客棧不知道還會遇到多少不懷好意的傢伙呢！大家散了也好。」男人頓了頓，伸手撥了撥頭髮，他完全不在意大家正衝他吹鬍子瞪眼，笑瞇瞇看著知宵，說道，「小老闆，你覺得呢？」

知宵不知道該怎麼回答，但想到今後再也見不到這些妖怪房客了，就覺得心裡好像缺了一塊。他使勁搖了搖頭，妖怪房客們也跟著鬆了一口氣。

「也就是說，妖怪客棧還會繼續經營？哈哈哈，那就好。最近我正在找房子住，看來看去，覺得這兒還不錯。請趕快把最寬敞的房間整理一下，我最近就會搬過來。」長髮男子又說。

這位先生看起來非常厲害，如果他成為金月樓的房客，今後那些小妖小怪一定不敢三天兩頭上門找麻煩了吧？知宵立刻點點頭，說道：「可以。但我不太清楚入住的手續，你找柯立幫忙就好了。」

「等一下！」曲江在知宵的左耳邊說，「我們還不知道他的底細。」

「沒錯，沒錯。」白若在知宵的右耳邊說，「說不定他是敵人打入我們內部的間諜！這不就引狼入室了嗎？」

「住進咱們客棧恐怕只是第一步，接下來他會把我們全都趕走，把金月樓據為己有！」八千萬擠開白若，對知宵說。

很明顯，長髮男子聽到了大家的竊竊私語，他一個勁兒的點頭，說道：「你們大家說得都很有道理。我身分不明，很可能是壞蛋。不打聽一下我的情況就同意讓我入住，小老闆你太不明智了。」

這麼說也太傲慢了！房客們又議論開了，知宵也猶豫不決。金月樓最新的房客是兔妖阿吉，大概是半年前入住的。記憶所及，知宵覺得爸爸當時好像也沒有問特別多，其他房客也沒有不停的反對。

知宵想：曲江他們覺得我是什麼也不懂的小孩子，才會這麼擔心吧？現在我是客棧的小老闆，我要自己作決定！

知宵又看了看長髮男子。他看起來吊兒郎當，似乎有些輕浮，好像也沒什麼同情心，可是知宵覺得自己能夠相信他，於是他說道：「如果你想住進來，作為妖怪客棧的小老闆，我同意。」

長髮男子笑出聲來，抓起知宵的手用力搖了三下，說道：「成交！不是我自誇，你們這次真的是撿了大便宜！外面的妖怪要是知道我住在金月樓，絕對不敢上門找麻煩了，哈哈哈哈。」

「可是，你根本不說你是誰！」小麻雀白若嚷嚷道。

「太奇怪了，我敢肯定你們見過我！對了，也許因為最近我稍微改變了外表吧！不久前還是這樣的……」

長髮男子的頭髮突然變短、變捲，臉形也變得更加棱角分明，還戴上了一副眼鏡，但還是沒有房客認出他來。他歎了一口氣，繼續改變自己的外表，時而變成人類，時而變成藍皮膚的妖怪，甚至還變成了大樹和電風扇。

終於，當他變成一個紅頭髮人類的模樣時，鼠妖柯立一下子叫了出來：「天哪，您不會是螭吻大人吧？」

「螭吻大人？什麼老掉牙的稱呼，聽得我渾身起雞皮疙瘩！叫我螭吻就行了。」男子甩了甩頭髮，又變回了最初的樣子。

房客們你看看我，我看看你，全都驚呆了。

小麻雀白若激動得死死抓住了知宵的胳膊，說道：「小老闆，不得了了！」

知宵卻是一頭霧水，問白若：「螭吻是誰？很了不起嗎？」

「那當然！他可是龍王的第九個孩子啊！」

第二章

小老闆的新工作

雖然妖怪客棧的小小風波已經過去，但是知宵和妖怪房客們還是很在意高飛偷了藥材的事情。這事不僅關乎妖怪客棧的名譽，而且，高飛目前下落不明，知宵總覺得有些不安。第二天，德高望重的山羊妖曲江打聽了情況，原來高飛確實盜走了很值錢的藥材，而且馬上就被發現了。那家藥房的老闆名叫木汀，是一隻很有勢力的姑獲鳥，脾氣特別差，很不好對付，花領帶先生就是他派來找麻煩的。雖然高飛不知所蹤，但就算追到天涯海角，木汀也會想辦法把他抓回來。這次高飛真的惹下大麻煩了。

知宵有些擔心，可是他轉念又想，這一切不都是高飛自找的嗎？他又想到以前高飛嘲笑他的糟糕往事，對高飛的擔憂便越來越少，很快就把這件事情拋在了腦後。

再說，突然出現的螭吻吸引了知宵全部的注意力。他還在網路上查閱了螭吻的資料，發現螭吻是龍王的孩子沒錯，他的原形是龍身鯉魚尾的神獸，模樣有點滑稽，也不知道是不是真的。螭吻的身分高貴，法力無邊，名義上是房客，其實是妖怪客棧的保護者。房客們都安下心來，也高興極了，逢人便吹噓自己和螭吻是好哥們兒。知宵受寵若驚，自己區區一個沒有法力的人類，怎麼會引起這樣的大妖怪注意？

不管怎麼說，金月樓的艱難日子總算過去了。現在有螭吻護航，又有柯立幫忙打理，知宵萬事無憂，真的只需要收房租就行了。

可是，第三天早晨，螭吻的電話把知宵從夢裡叫醒：「糟糕，糟糕！你們金月樓的住宿條件太差，我真想馬上搬走。什麼？想讓我留下？嗯……對了，我開了一家妖怪仲介公司，最近人手不夠，不如你來幫忙打打雜？」

「打什麼雜？」

「你來了就知道了。」

「我要先問問媽媽。」

「你放心，她答應了。」

知宵不太相信螭吻的話。可是，當他告訴媽媽，他要去金月樓幫某位大妖怪幹活兒時，媽媽沒有阻止他。

奇怪，媽媽不是不喜歡妖怪嗎？難道螭吻的遊說本領高強？還是說，媽媽被螭吻催眠了？

不管原因是什麼，知宵都挺高興的。今後，他可以常常去妖怪客棧，多多了解妖怪的事，還能近距離接觸螭吻這樣傳說中的神獸！新生活正式拉開了序幕，知宵急急忙忙趕去妖怪客棧。

在普通人類看來，妖怪客棧不過是一棟四層的灰磚大樓，屋子前面是馬路和銀杏樹，後面是草地和花園。牆上爬滿藤蔓，窗戶黑洞洞的，像廢棄的建築，毫不引人注意。但在妖怪看來，它卻有一派不同的面貌，妖怪們一眼就能找到。現在是正月，妖怪客棧裡裡外外都掛著紅燈籠，門上還張貼了對聯、門神，大廳裡也懸掛著俗氣的橫幅，上面用施了法術、會發光的大字寫著：熱烈歡迎螭吻大人入住金月樓！

不過，螭吻並沒有真的住在金月樓。像龍王之子螭吻這樣的大妖怪從來不缺住的地方。螭吻只是把仲介公司搬到了妖怪客棧頂樓最好的房間，門牌上寫著六個大字：螭吻仲介公司。

「這兒是幹什麼的？」知宵一頭霧水，問一旁幫他帶路的山羊妖曲江，「和房屋仲介一樣嗎？」

「差不多。」曲江說，「我們妖怪遇到任何不能應付的麻煩，比如找工作、找學校、找幫傭、找美食、找心理諮詢師，都可以在螭吻的仲介公司得到幫助。他收的仲介費非常低，主要是想幫助弱小的妖怪。知宵啊，你能在這兒幫忙，在妖怪中的知名度肯定會提升，要是能得到螭吻大人的親自指點，說不定還能發掘出一點妖力，你要好好加油！」

曲江的表情很認真，說話的語氣像是送孩子參加重大比賽的家長。這些話成了知宵的負擔，可是他不願意讓曲江失望，只好使勁點頭，讓曲江放心。曲江也點頭回應，然後就拄著楞杖下樓了。

知宵長舒了一口氣，心情還是很沉重。他敲了敲辦公室的門。很快，一個翻著白眼的女孩打開了門。這個女孩子瘦瘦高高的，梳著丸子頭，有一雙圓圓的眼睛，臉頰上點綴著雀斑。她這不可一世的模樣，知宵再熟悉不過了。

「柳、柳真真？」知宵說，「真、真巧啊。」

柳真真是知宵隔壁班的同學，上學期才轉學過來，不過因為她很活躍，常常當活動主持人，全校的學生幾乎都認識她。看樣子，她不僅能說善道，對妖怪在人類世界的事情也清楚得很！知宵並不想在這時候和她狹路相逢。

柳真真一副不耐煩的樣子，模仿大人的口吻說道：「隔壁班的李知宵，原來是你？你這麼普普通通的，能幫上什麼忙？」柳真真不太高興的從門後抓過一把掃帚，遞給知宵，「喏，你負責打掃環境好啦！」

被看輕了！不過知宵不是那種動不動就發火的小孩子，他接過掃帚，默默的開始幹活兒。柳真真則盤腿坐在沙發上啃三明治，時不時還對知宵比手畫腳，挑剔他打掃得不乾淨、幹活兒的速度太慢、拿掃帚的姿勢不好看。

知宵最終還是生氣了，說道：「不如你自己來掃啊，你應該也和我一樣，只是在蟎吻手下打雜的吧！」

「你說得沒錯，可是我和你不一樣！」柳真真瞪大了眼睛說，「我爸爸是研究西方魔法的博士，媽媽是個驅妖師，我家世世代代都和妖怪打交道。我也會法術，是蟎吻的親傳弟子！你呢，就是個什麼也不懂的小孩子，蟎吻憑什麼就看上了你？你還是老老實實幹活兒吧！」說罷，柳真真從口袋裡掏出一張畫滿符咒的紙條，嘴裡念念有詞，那紙條便飛到了知宵額頭上。柳真真揮了揮手，知宵便像被她控制的木偶人一樣，機械式的揮動著掃帚。

這時，辦公室靠近窗戶的一扇門開了，一隻長得花花綠綠的貓鑽進來。它像剛在顏料沒乾的畫上滾了一圈似的，渾身花花綠綠，特別可笑。這隻貓叫茶來，是蟎吻仲介公司的負責人，同時也負責給客人倒茶。

「妖」以類聚，人以群分。茶來也和蟎吻一樣放蕩不羈。妖怪仲介公司成立時，蝸吻懶得起名字，就把這個任務交給茶來。茶來也懶得思考，只是把「蝸吻」兩個字放在了「仲介公司」前面，硬說這個名字最好，大家一看就明白。

「喲，真真大小姐帶著僕人來上班啊！」茶來說，它的聲音低沉又沙啞，像個老頭兒。

「知宵，把臭貓茶來扔出去。」柳真真說。知宵受到符咒控制，逕自走向花貓茶來，抱起它走向窗邊的大門。他覺得很奇怪：這裡是頂樓的客房，又沒陽臺，為什麼窗邊竟然還有一扇門？

雖然很疑惑，知宵還是打開了門，溫暖的風颳過來，眼前竟然是姹紫嫣紅的花園，花園旁邊還有一棟別墅。知宵目瞪口呆。他把茶來扔下，回到辦公室，發現他又能控制自己的身體了。原來柳真真的法術有限，時間一長，符咒就失效了。見識了柳真真的厲害，知宵也不敢再說什麼，只是悄悄的在心裡埋怨她。

茶來很快又進了屋，來到知宵身邊，說道：「你很生氣、很委屈，對吧？小朋友，想開些，她對我這個仲介公司的老員工也絲毫不尊重嘛！以後不要招惹真真，有什麼問題儘管來問我，不要客氣，反正我一個字也不會告訴你。」茶來跳上窗臺，打了個大大的呵欠。

「請問，那扇門外的花園是怎麼回事？」知宵問道。

「算了，多少告訴你幾個字也沒關係。那是蝸吻家的花園。」茶來說，「那扇門連接別墅花園和仲介公司辦公室，來去非常方便。那些找不到金月樓的客人，也可以從別墅的門那兒過來。」

真是不可思議！知宵加快速度，想趕快掃完地，好去螭吻的花園裡看看。這時，窗邊的門又開了。

「早上好啊，知宵。」螭吻的聲音傳來，他走進仲介公司辦公室，一頭黑色長髮亂七八糟，看來剛起床，「你覺得我的仲介公司怎麼樣？是不是很好玩？我們的工作非常輕鬆，你很快就能學會。我聽曲江說，你除了偶而到妖怪客棧玩之外，以前很少接觸妖怪。仲介公司的工作多少能讓你更了解我們妖怪的世界。對了，你和真真是同學吧？今後要好好相處呀！」

「我會好好幫助他的。」柳真真咬牙切齒的說。

知宵在心裡歎了一口氣，為自己的未來擔憂。好在過幾天寒假就結束了，開學之後不用再到仲介公司來，也不用再受柳真真的氣。

「真真是我的弟子。知宵嘛，勉強算我四分之一個弟子吧。今後你多多努力，就能變成我真正的弟子了。」螭吻又說。

「謝謝您。」知宵說。他很高興，又覺得有些麻煩，當螭吻的弟子一定很辛苦吧？四分之一的辛苦，依然是辛苦。

「不行，不行！」柳真真嚷嚷道，「夏天的時候，我想盡了辦法，都快把腦子憋壞了，才成為您的弟子。現在您怎麼能輕易收李知宵為徒呢？這不公平！還有，還有，為什麼突然要把仲介公司搬到這個破客棧來？」

「哎呀呀！這個地方破是破了點，但仔細找一找，一定能發現它的優點。比如說，這個——」螭吻伸手摸著下巴，一副努力思考的模樣，「對了，比如說，金月樓離真真家不是很近嗎？以後你來仲介公司學習也比較方便嘛。」

螭吻看著柳真真，臉上堆滿了笑容。柳真真氣呼呼的，但也沒再說什麼。這時螭吻打了個呵欠，倒在沙發上，閉上眼睛繼續說道：「你們好好工作吧。我試試看在客棧睡覺舒服不舒服。不用在意我，你們大聲說話也沒關係。」

不過，柳真真還是壓低了聲音，向知宵介紹工作內容。

原來，仲介公司收集了妖界雜七雜八的訊息，員工們要做的事情，就是等妖怪顧客上門，或是等妖怪顧客打電話來，再把需要的訊息給他們。妖界也運用了人類的科技，把這些妖怪訊息都存進了電腦，查找起來很方便。

工作太簡單，不需要什麼技術，知宵覺得有點無聊。不過，從此之後，更廣闊的妖怪的世界，將要展現在他的面前，知宵又很期待。

很快，有人敲響了連接客棧走廊的那扇門，應該是有顧客上門了。知宵蹦蹦跳跳的跑去開門，看到站在門外的男孩，又在心裡歎了一口氣。

不想遇見的人，偏偏一個接一個碰到！

這個男孩相貌清秀，細眉細眼，皮膚很白，有些泛黃的頭髮看起來軟軟的，梳得很整齊，滿臉不屑和冷漠的表情。這是知宵的同班同學沈碧波。沈碧波身邊還有一位拎著禮盒的叔叔，他穿著西裝、打著領帶，長長的頭髮在頭頂梳成一個小髻，像古時候的道長一樣。這位是金銀先生，負責照顧沈碧波，算是他的管家。沈碧波每天放學後，管家都會開車來接他回家。

知宵和沈碧波同學四年多，沒說過十句話，只知道他是有錢人家的小孩子。因為沈碧波沉默寡言，慢慢的，其他同學便忽略了他的存在。

沈碧波為什麼會來仲介公司呢？這兒只對妖怪開放，難道他也和妖怪有關嗎？畢竟是同學，知宵對沈碧波笑了笑，算是打招呼，沈碧波狠狠瞪了知宵一眼作為回敬，知宵的笑容僵在了臉上。

總是一副唯我獨尊的樣子，比柳真真還糟糕。知宵心想。

可是沈碧波一進門，面對螭吻時，立馬變成了乖孩子，老成持重的介紹了自己：「螭吻大人，我是羽佑鄉十九星的兒子沈碧波。聽聞您搬到金月樓，今天特地來拜訪。」一旁的金銀先生趕緊把禮盒送上去。螭吻睡眼惺忪，不知道有沒有聽到沈碧波的話，也沒伸手接禮物。

羽佑鄉是什麼地方？十九星是誰？

知宵聽到沈碧波說著自己完全不懂的話，心裡想著：難道沈碧波不僅和妖怪有關，他自己就是個妖怪？這可不得了！哦，怪不得他這麼不合群呢……。

這時候，螭吻打了個呵欠，總算恢復了一點精神，伸手撥弄自己的亂髮，笑著說：「哎呀呀，原來你就是十九星的小寶貝，你媽媽不會喜歡你和我打交道的。」

「我已經不是凡事躲在母親身後的小孩子了。」沈碧波說，「母親也希望我多多結交朋友。」

沈碧波故意裝出大人的樣子，看起來彆扭極了，真讓知宵受不了。他決定不打擾螭吻接待客人，離開辦公室。他在門邊看到一隻超重的小麻雀，正偷聽得不亦樂乎，那一定是變回原形的白若。

「小心柳真真一巴掌把你扇飛。」知宵好意提醒道。

「你不懂，這是了解我親愛的朋友螭吻的好機會。」白若理直氣壯的說，「如果聽到什麼了不得的祕密，我的妖怪朋友們一定都會圍著我轉，多好。」

正說著，柳真真也走了出來，她看了知宵一眼，說道：「沒想到羽佑鄉的少主也要巴結螭吻先生。」

柳真真的態度不像剛剛那樣糟糕了，於是知宵試著問道：「少主？你說的是沈碧波嗎？」

柳真真點點頭，看到知宵一臉驚訝，又說：「他不是你的同班同學嗎？難道你不知道他的身分？」

「這……」知宵有點臉紅，「我以前就只認得客棧裡的妖怪而已……羽佑鄉是怎麼回事？難道沈碧波也是妖怪嗎？」

「看來你真的完全不了解妖怪的事！那我就跟你說說吧。羽佑鄉是有名的妖界仙境，聽說特別漂亮，那兒生活著許多姑獲鳥，對，就是古代傳說中那種美麗的大鳥，能變成英俊、美貌的人類。在妖界，姑獲鳥一直很威風，而且，即使生活在天涯海角，甚至是外太空，依然臣服於他們的首領。姑獲鳥現任的首領名叫十九星，沈碧波是十九星的養子，當然是少主。只是沈碧波和我一樣，是百分之百的人類。至於十九星為什麼要收養沈碧波，我可不知道。」

「傳言說，沈碧波是十九星從人類那兒搶來的！」白若插嘴道。

「這只是謠言吧？雖然，人類歷史上一直傳說姑獲鳥會搶奪人類小孩子，但凡是對姑獲鳥稍微有點了解的人應該都知道，姑獲鳥不可能有這樣的惡習。十九星很愛沈碧波，聽說她已經決定，今後讓沈碧波統領羽佑鄉。」柳真真說。

「人類統領妖怪的地盤？這樣也行？」知宵驚訝的問。「哼，你也是人類，金月樓說來也是妖怪的房產，那現在不是由你繼承了嗎？這和沈碧波管理羽佑鄉的情況有什麼不同？況且，只要披上姑獲鳥的羽衣，沈碧波就可以暫時變成姑獲鳥，也可以算半個妖怪吧！這可是最近的大新聞，大、小妖怪們都在議論呢！」

柳真真說。

「沒錯。有些姑獲鳥特別保守，千方百計想要維護血統的純正。我聽說啊，」白若低聲道，「很多姑獲鳥不太滿意人類當他們的老大，都快鬧內訌了，還有些激進份子可能會威脅到沈碧波的生命。所以那位金銀先生才會寸步不離自家少主。」

「什麼？每天來班上接送沈碧波的金銀先生也是妖怪嗎？我們的城市裡也藏了太多妖怪了吧！」知宵不由得感歎道。

「不奇怪。對妖怪們來說，這兒是非常適合居住的地方。對了，我們的校長和好幾個老師也都是妖怪喲！我轉學來這兒還是妖怪介紹的呢！」

「天哪！快說說都有哪些妖怪老師？」知宵興致勃勃的問。

這時，柳真真朝知宵使了個眼色。原來是沈碧波和金銀先生出來了，還有一個紅頭髮的小男孩跟在他們身後，跑到柳真真旁邊。金銀先生溫和的對知宵和柳真真笑了笑，可是沈碧波面無表情，像機器人一樣邁著步子，也不看知宵和柳真真。

等他們走遠了，知宵還想讓柳真真繼續講妖怪老師的情況。柳真真眼珠子一轉，說道：「你是螭吻的四分之一的弟子，自己去調查一下，不就知道囉？現在不是聊八卦的時候，有一件很重要的事情需要你去做——喏，快陪樂滋滋玩。」

原來，樂滋滋就是那個紅髮小男孩。他是一隻小狐妖，剛剛學會變成人類的樣子，大概三、四歲，眼睛又圓又亮，非常可愛。

照顧樂滋滋是螞吻仲介公司最近接下的業務，只是知宵還不知道樂滋滋是遠近聞名的調皮鬼。當他問小狐妖想玩什麼的時候，樂滋滋抬頭看了看天花板，大聲說：「這地方太冷了，我想噴火玩！」說完，他張大嘴巴吹了一口氣，「呼」的就竄起一簇火苗，把白若圍了起來。小麻雀嘰嘰喳喳亂叫，往客棧走廊裡竄去。小狐狸笑彎了腰，知宵想幫忙，卻苦於不會法術，根本無可奈何。

沒過一會兒，樂滋滋的興趣又轉移了，還嚷嚷著肚子餓了，知宵只好帶他出門覓食。

這隻小狐狸的鼻子可靈了，循著香氣，拉著知宵走進一家甜品店。妖怪的成長速度比人類快，吃得也多。樂滋滋要了五大份甜點，全部由知宵買單。

店裡生意很好，大部分客人都是和知宵年紀相仿的小孩子。有一位三十多歲的漂亮阿姨走出來交代店員們事情，應該是老闆娘。忽然，老闆娘的目光轉向知宵，她笑著走過來，詢問他們甜品的味道如何，又指著樂滋滋，對知宵說：「這位小朋友可以打八折，你可以打九折。」

「這是優惠活動嗎？」知宵不解的問。

老闆娘饒有興致的眨了眨眼，說道：「不是。因為你們很可愛呀！」

老闆娘很忙，說完就離開了。知宵很高興，忍不住看了看自己在窗戶玻璃上的影子。可能因為顧客太多，一位凶巴巴的彪悍店員不小心打落了樂滋滋正準備大吃的蛋糕。樂滋滋看著掉落地上的蛋糕，愣了兩秒，哇哇大哭起來。

「別哭了，叔叔重新幫你拿一份更好吃的巧克力蛋糕，怎麼樣？」店員說道。他的語氣硬邦邦的，表情凶巴巴的，哪像是哄孩子嘛！

樂滋滋看到這麼嚇人的店員，哭得更凶了。到底還是小孩子，情緒失控的他妖力也失控了——甜品隨著他的哭聲都飛了起來，在店裡亂竄，吸引了所有人的目光。

知宵哄不住樂滋滋，想拉樂滋滋離開，可是他的屁股像黏在了椅子上一樣，還一個勁兒叫著「我的蛋糕」，怎麼也不肯站起來。

凶悍的店員哼了一聲，一把將樂滋滋扛在肩膀上，大步離開甜品店。在眾人驚訝的目光中，知宵小跑著跟了出去。一直走到另一條街上，店員才把樂滋滋放下，小狐狸還是哭個不停。店員叔叔不耐煩的說道：「小狐狸，你家大人沒教過你，當妖怪要低調些嗎？」然後，他像野獸一樣大叫一聲。樂滋滋被嚇了一跳，頓時止住了哭聲。

「叔叔，您、您也是妖怪嗎？」知宵驚訝的問。

店員皺著眉，目光轉向知宵，說：「你覺得呢？」

知宵嚇得打了個寒顫。「哼，雖然妖氣很弱，但你也不是單純的人類吧？難道沒感覺出來，我們店裡的員工大部分都是妖怪？我們店的甜品對所有的妖怪打八折，對你這種半妖打九折。既然要當小狐狸的保母，就負點責任看好他！遇到你們這樣不明事理的妖，我就莫名其妙的生氣！」

樂滋滋又開始小聲啜泣，知宵趕緊拉著他回妖怪客棧。回到客棧，樂滋滋還在鬧情緒，他一邊抽泣，一邊準備往知宵的頭髮上噴火苗。

知宵自己也是個孩子，卻要照顧另一個更麻煩的妖怪孩子，他感覺時間變得很慢、很慢，十分鐘相當於十個小時。眼前確實困難重重。早上的時候，知宵還信心滿滿，想要以最好的狀態迎接被妖怪包圍的新生活，現在，他的熱情完全消退了。就算有了螭吻的庇護，知宵的日子也輕鬆不起來。

多麼美好的寒假啊！為什麼要和這些妖怪扯在一起？果然，當時應該聽媽媽的話，賣掉金月樓，或者讓真正的妖怪接手客棧好了。老老實實當個沒法力的普通人類，也就不會被一隻小狐狸欺負了吧？

知宵還在愁眉苦臉的胡思亂想，柳真真已經站在了他面前，她有些生氣的說：「你在幹什麼？沒想到你連一隻小狐狸都看不住！我簡直想不出你還能做些什麼！」

「沒錯，我可不像你那麼能幹！」知宵也有些生氣了，「我知道，你覺得螭吻對我太好了，看我不順眼。這又不是我能決定的，你要是不服氣，就去找螭吻啊！」

「我當然找他抗議過，他不聽我的，還笑嘻嘻的，所以我才更生氣！」

「你滿不講理！」

「你才滿不講理！」

兩個人都站了起來，瞪著對方，誰都不願意率先眨眼睛。這時，樂滋滋的兩隻手分別抓住了知宵和柳真真的胳膊，用撒嬌一樣的聲音說：「真真姊姊，知宵哥哥，我不要你們吵架。」

可是知宵和柳真真都不願意認輸。聰明的小狐狸決定使出父母吵架時他使用的殺手鐧，哇哇大哭起來。不過，他一滴眼淚也沒掉下來，只是乾號。知宵和柳真真停止眼神的較量，一起哄樂滋滋，樂滋滋又笑了起來，得意極了。

「對不起。」柳真真說，「我並非真的討厭你。我一直都這樣，不喜歡把自己的真實想法藏起來。」

「仔細一想，我也覺得螭吻對我太好了，真奇怪？可能因為我的曾祖母是他的朋友吧！」知宵歎了口氣說，「還有，我確實什麼也不會，可能不適合在妖怪的世界裡生活。」

「不要小看自己，不要小看我們的師父！」柳真真說，「螭吻收你當弟子，一定是因為他相信你有可以被開發出來的妖力呀！哈，你可以這樣練習，試著把所有的力量都集中在手掌上。看我的！」

柳真真隔空擊出一掌，客棧地板猛烈晃動起來。知宵深吸一口氣也試了試，但是失敗了。柳真真笑了起來，說道：「不要太著急，你比我要慢幾十拍，一定要練習很久。」

真是讓人沮喪的鼓舞！知宵決定以後多練習，他想，能因此和柳真真成為朋友，也不算壞事。兩個小夥伴聊著天，知宵說起剛才在甜品店遇到妖怪店員的事，柳真真一聽氣不過，說道：「那個店員叔叔太過分了！不行，我要去找老闆投訴！」

「沒錯，沒錯，投訴！投訴！」樂滋滋有樣學樣，又有些小小的疑惑，「投訴是什麼意思？」

第三章

兔妖阿吉的夢裡花

柳真真堅持要去甜品店討個公道，知宵攔也攔不住，只好跟著去。路上，他看著身邊拉著樂滋滋的柳真真，感覺她好像什麼也不怕，心底不禁有些佩服。

三個小夥伴來到了背街的巷子裡，穿過巷子朝左拐，很快就能到達甜品店。柳真真提醒樂滋滋，等會兒千萬不要噴火，免得引起騷亂。樂滋滋使勁點頭答應了，但知宵還是很不放心，覺得樂滋滋要是不高興，說不定會把甜品店給拆了。

這時，知宵看到巷子另一端有三個人圍在一起。一個又高又瘦，一個又矮又胖，第三個背對著知宵，應該是一個和知宵年紀相仿的小男孩，他的身體縮成一團，兩隻手死死按著頭上的帽子。

是受了刺激，法術失靈，現出了原形。變成了小兔子的阿吉慌不擇路的往巷子的另一端逃跑，無論知宵怎麼大叫阿吉的名字也沒用。知宵大叫著跑回去追趕阿吉，可是，兔子的速度比知宵快多了，跑出巷子後，行人變多了，沒過一會兒，知宵就找不到他了。

小時候，知宵曾經和逛街的父母走失過。那時候他還很小，拚命想要找到父母，可是來來往往的行人就像一堵堵移動的牆，把他和父母隔開。知宵還記得當時心裡的恐懼，擔心自己永遠回不了家。阿吉的心情也是一樣的吧。因此，雖然知宵已經氣喘吁吁，可是他完全沒有放慢腳步。

沒過多久，知宵終於在灌木叢裡瞥見了一團白色的小東西。一定是阿吉！知宵趕緊追過去，也不知道撞到多少個人，說了多少句「抱歉」，總算來到那團白色物體旁邊。正是阿吉！知宵抱起小白兔阿吉，拿出哄樂滋滋的本事哄他。

沒過一會兒，柳真真也跑了過來。兩個小夥伴都累得直喘。最後還是知宵先開口問：「情況怎麼樣了？你有沒有追到那兩個妖怪？樂滋滋呢？」

柳真真點點頭，說道：「快，你跟著我來就行了。」

十幾分鐘後，他們來到江邊。這兒種著大片的樹，馬路上堆積了很多落葉，幾乎沒有行人。柳真真鑽進樹林，沒過一會兒，就停在一棵梧桐樹旁邊。樹幹上畫著一隻籃球一樣大小的眼睛，墨綠墨綠的。

柳真真指著這隻眼睛對知宵說：「這是仙路的標誌，不用我解釋吧？」

知宵想了想，恍然大悟的點點頭：「我知道，爸爸告訴過我。不過，這還是我第一次親眼看見仙路。」

仙路是專屬於妖怪進出的通路，不僅能通往妖界仙境，還能大大縮短兩地之間的距離。在人類忙著鋪路的同時，妖怪也忙著鋪設仙路。人類世界裡遍布仙路，仙路太多、太複雜，稍不注意就會迷路。一般來說，仙路的出入口難以察覺，妖怪便在這些地方畫上或是刻上眼睛，充當路標。

柳真真說：「好，你拉著我的手。」她閉上眼睛，用手摸索樹上的眼睛。

忽然，柳真真的半截手臂消失了，伸進了樹上的眼睛，伸進了仙路。柳真真保持這個姿勢往前走，知宵拉住她的手臂，跟著她一起走進仙路。

四周的景致變得朦朦朧朧，似乎有樹影，似乎有鳥鳴，似乎有野獸從身邊經過，似乎還有樹葉掉在身上。其實，這些都是仙境或者人世的景致投射在仙路裡的影子。有時候，這些影像太過清晰，知宵分不清到底是現實還是幻影。

知宵懷裡的小兔子阿吉似乎慢慢恢復了精神。

「麻煩你了，小老闆。」阿吉終於開口說話了。

「阿吉，你的盆栽怎麼會被那兩個傢伙搶走呢？」知宵問。

「咕嚕嚕和嘩啦啦是山妖，我們以前住在同一座山裡。後來山裡出現了很多人類，不適合小妖怪居住了，我搬到了客棧裡，咕嚕嚕和嘩啦啦卻成了城市裡到處遊蕩的妖怪。昨天晚上他們來客棧找我玩，我喝醉了，一覺睡到天亮，醒來才發現盆栽不見了。他們一定是趁我睡覺時拿走了盆栽。」阿吉說著眼睛又紅了，眼看又要哭出來了。

「你別擔心。」知宵說，「也不用勉強自己說話，好好休息吧。」

「謝謝小老闆，雖然你沒有法術，但還是救了我。」阿吉乖乖的閉上了眼睛。不知道是不是因為抱著毛茸茸的小兔子，知宵只覺得胸口暖暖的。

走了十幾分鐘，知宵問柳真真：「到了沒有啊？」

「別問我，我都快累死了。」柳真真抱怨道。

知宵這才注意到，柳真真一直氣喘吁吁，臉色蒼白。知宵想，可能她正在使用什麼了不得的法術吧。

終於，大家走出了仙路，來到了另一片不知位於何處的樹林裡。柳真真加快了前進的腳步，她的心裡似乎裝著指南針，完全不為該往哪兒走擔心。沒過一會兒，知宵就看到了幾個穿著黃色連體衣的人。

再走近一些，他發覺這些黃衣人有些古怪。他們的長相一模一樣，目光呆滯，毫無生機，像被人操控的木偶。這兩個人和變成大黑狐的樂滋滋，團團圍住了欺負阿吉的胖瘦妖怪。

「嗷嗷！」樂滋滋叫了兩聲，「知宵哥哥，真真姊姊，我把這兩個壞蛋抓住了！」

「你好厲害，我差點就追不動了。」柳真真無奈的說。

知宵的注意力都集中在黃衣人身上，似乎有些明白了，他對柳真真說：「我知道了，這些人是你用法術變出來的，是他們指引你找到方向的吧？真了不起！」

「當然囉！我是誰呀！」柳真真立馬恢復了些許精神，得意的回答，她看了看兩隻妖怪，又說，「我說過的吧，你們跑不過我！」

「快把阿吉的盆栽還給他！」知宵大聲說。

「盆栽，什麼盆栽？」胖山妖咕嚕嚕的小眼睛滴溜溜轉了幾圈，又轉過頭去瞅瘦山妖，「嘩啦啦，你拿走了阿吉的盆栽嗎？」

「怎麼可能？」瘦山妖嘩啦啦盯著知宵懷裡的兔妖，「阿吉，一定是你自己弄丟了，想冤枉我們。」

「你們的話一點兒也不可信！」柳真真說，變出的黃衣人把兩隻妖怪圍得更緊了。

知宵雖然心裡沒底，但他沒法對山妖欺負阿吉的事退縮。他想起柳真真說過，「試著把力氣集中在手上」。於是他閉上眼睛，學著柳真真的樣子，伸出手掌——奇妙的事情發生了！知宵感覺骨頭裡好像湧動著力量，緩緩流向手中。難道，自己潛藏多年的妖力甦醒了嗎？

知宵鼓起信心，隔空擊出一掌。

只聽到胖山妖的肚子裡傳出咕嚕嚕的響聲。可是，胖山妖看起來什麼反應也沒有。胖山妖揉揉肚皮，明白知宵沒什麼本事，忍不住嘲笑起來，說：「哈哈哈，你這個沒有妖力的小老闆，果然和傳言裡一樣沒用！」

「樂滋滋。」知宵冷靜下來，生氣的說。樂滋滋頓時瞪起眼睛。

「我們認輸，我們認輸！你比傳言說的難對付，快把這隻大狐狸趕走吧！」瘦山妖說。

知宵點點頭，示意樂滋滋安靜下來。樂滋滋卻故意大吼一聲。胖山妖嚇得帽子都掉了，露出了額頭上的角，他的皮膚和頭髮在慢慢變紅。瘦山妖的帽子還在頭上，他的皮膚和頭髮在慢慢變綠。

此外，兩隻妖怪的鼻子和嘴巴都變大了，眼睛凸了出來。知宵只覺得他們很滑稽，忍不住笑出聲。

樂滋滋也笑了起來，變回一隻紅色的小狐狸。這時，知宵聽到「噗」的一聲，胖山妖咕嚕嚕身邊的黃衣人身體突然萎縮，變成了一張畫著奇怪符號的紙條，飄落在地上。看來柳真真的法術也到了極限。

「累死我了。」柳真真說。

這時候，阿吉也愍了一口氣，倏的重新化成人形，他淚眼汪汪的對兩隻山妖說：「你們把盆栽還給我！」

「阿吉，我們真的沒有拿你的盆栽，只是看你把一株破花當寶貝，就把它藏在你床底下了。」嘩啦啦說。

「那你們為什麼要逃跑？」柳真真問。

「可能是被你嚇的，你看起來好像很難應付。」咕嚕嚕不好意思的說。

柳真真聽了皺起眉頭，知宵倒覺得他們說的有幾分道理。

最後阿吉說：「咕嚕嚕和嘩啦啦畢竟是我的朋友，我想要相信他們。我們還是先回客棧看看吧。」阿吉把目光轉向兩隻山妖，「你們最好沒有撒謊，你們知道的吧，現在螭吻也住在妖怪客棧，要是你們騙人，我就告訴螭吻大人！」

一聽「螭吻」兩個字，兩隻山妖點頭如搗蒜。

終於，大家沿著仙路回到妖怪客棧。知宵從未覺得妖怪客棧如此讓人安心。蜘蛛精八千萬迎上來，問道：「小老闆，你們去哪兒了？我們到處找不到你，快急死了。」

知宵忍不住笑著說：「我們剛從另一個世界冒險回來，救出了小兔子阿吉！」當然，如果不是柳真真太衝動，本來是不會有這樣一場冒險的。

果然，阿吉在床底下找到了他的寶貝盆栽。盆栽的花苞更大了，但依舊沒有開放的跡象。

知宵很好奇的問道：「阿吉，這到底是什麼花呀？」

「我一直叫它夢裡花。」阿吉說，「我有個老朋友，他能走進別人的夢，還能把夢裡的東西帶出來。有一次他走進我的夢裡，就拿來了這盆花。小老闆，住到妖怪客棧之前，我一直在山裡，從來沒在人類世界待過。人類的世界很好玩，但我也很孤單，幸好這盆花一直陪著我。」

「這樣啊，」柳真真說，「阿吉，花開的時候一定要告訴我，我想看看它會長成什麼樣子。」

阿吉點點頭，目光從花苞上轉移到知宵和柳真真身上，說道：「今天謝謝你們了。」

「可是我好像沒幫上什麼忙。」知宵不好意思的說。

「小老闆，你千萬不要這麼想。」阿吉瞪大了眼睛，「你救了我，請不要小看自己！」

知宵心裡一暖，使勁點點頭。

離開阿吉的房間後，柳真真突然叫道：「哎呀，糟糕！我們忘了去甜品店投訴！」

「真真，算了吧。」知宵一臉疲憊。

「那好吧，」柳真真也很累，「這次算了。」

知宵帶著一身疲憊回到家裡時，已經是晚上了。他一下子就進入了夢鄉，夢中的他似乎在海底游泳，身邊有一大群藍色的海豚，過了一會兒，他突然被一隻身體慢慢腐爛的大怪獸追趕，知宵拚命的游……。

「喂，李知宵，快醒醒，有一個小壞蛋來了！」

一個分貝很高的聲音在他的身體裡轟鳴，知宵大叫一聲，醒了過來。

四周很安靜，如水的月光透過窗戶灑進來。他發現自己枕頭邊有一個身體圓滾滾、四肢短短的小精靈，背上還揹著一個葫蘆。發現知宵正盯著自己出神，小精靈慌慌張張的從窗戶飛走了。

「真笨啊，為什麼不抓住它！」竟然是夢中那個驚天動地的聲音，知宵的耳膜都快被震破了。難道自己還在夢裡？還是說，夢裡的聲音來到了現實中？他四下張望，並沒有看到什麼人。

「你在找我嗎？原來你在找我！哈哈哈，你找不到的！」

知宵摀著耳朵說：「怎麼找不到！你躲在我的右耳朵裡，對吧？你是妖怪吧？快出來！」他掏了掏耳朵。

「哼，就算你把耳膜捅破，也抓不住我，我呀，只是一縷風，饒舌之風。」

「管你是風還是雨，不准待在我的耳朵裡！」知宵厲聲說。

「我偏要待在這兒，你看起來很有意思呀。」

無奈之下，知宵只好再次躺了下來，問道：「你到底是從哪裡來的？」

「我們饒舌之風是群居妖怪，不幸的是，我和同伴失散了。單獨的饒舌之風力量很弱，冬天的風又強又冷，我擔心自己被吹散，只好躲在樹林裡打轉。你說，是不是很可憐？白天我在林子裡看到你和那隻兔妖一夥，就決定先待在你的耳朵裡過冬。你放心，我只是暫時休養，等我變得強壯了，就會離開的。我也不會白白住在這兒，我很能幹的，比如說吧，現在我就能給你哼一首催眠曲，你要不要聽？」

知宵還沒有回答，饒舌之風便開始在他的耳朵裡高聲歌唱。知宵好不容易才讓它安靜下來，說道：「好吧，你只要不再突然叫醒我，說話聲音小一些，我就讓你住下。」

「沒問題。」

饒舌之風果然壓低了聲音，知宵又問起那個揹著葫蘆的小妖怪的事，饒舌之風說：「看來你真的是什麼都不懂。那是食夢妖，穿梭在一個又一個夜晚之間，偷走一星半點的夢。食夢妖非常膽小，如果被人類發現，它們會慌張逃走，之後就再也不會光顧那個人的家，偷吃他的夢。所以我才叫醒你，這樣，今後你的每一個夢，都會完完整整的屬於你。這一切都是我的功勞，可惜你沒能把它抓住。」

「這樣啊。」知宵說，「其實它每天晚上偷我的夢都沒關係，反正大部分的夢我都忘了。能夠作為食夢妖的食物，我的夢還能派上些用場。」

說著，知宵的意識變得迷迷糊糊，耳朵裡彷彿響起輕柔的曲子，那是饒舌之風在輕聲唱歌。

第四章

滿財綁架案

第二天早晨，知宵整理好書包，帶上沒寫完的作業，準備去金月樓。媽媽不滿的挑著眉毛，嘴上卻說道：「路上小心。」

知宵認為他必須和媽媽談一談，就問道：「媽媽，您不想讓我去妖怪客棧，對吧？那您為什麼還要答應螭吻呢？」

媽媽想了不過兩秒鐘，說道：「知宵，都過了十多年了，身邊有妖怪這種事情，逃避不了也否定不了，不然不就否定了你爸爸的人生嗎？而且，不知道為什麼，螭吻那個傢伙看起來還挺可靠的。」

知宵琢磨著媽媽的話，離開家來到妖怪客棧，直奔頂樓螭吻仲介公司的辦公室。柳真真和茶來已經到了，螭吻居然也在。

知宵忍不住把饒舌之風的事情講了出來。茶來二話不說，跳上知宵肩頭，伸出爪子想把那縷風抓出來，惹得饒舌之風在知宵耳朵裡哇哇大叫。知宵覺得自己都要聾了。

「別被饒舌之風迷惑，它是想吸取你的妖力。」茶來嚴肅的說，「喂，那縷臭氣薰天的風，知宵沒什麼法力，你還是住在真真耳朵裡比較好。」

柳真真瞪了茶來一眼，這隻花俏的貓妖嘻嘻笑了起來。

「我才不要搬家，住在這兒最舒服。」饒舌之風說道，知宵把它的話轉達給了大家。

「短時間不會有大問題，」螭吻說，「但時間長了，恐怕你會變成聾子。」

饒舌之風似乎也很畏懼螭吻，一聽這話，再三保證一定小聲說話，絕對不會毀掉知宵的聽力。

這時，一位高聲吵鬧的客人推開客棧大門衝進來，嚷嚷道：「不好啦，我孫子被綁架啦！」

茶來「喵嗚」一聲從沙發上跳起來。只聽到一串「噔噔噔」的樓梯響，仲介公司的大門也被撞開了。

這位冒失的客人身材單薄，只比知宵高幾公分，臉上全是皺紋，像樹幹一樣。

沈碧波擠進辦公室，非常禮貌的對著螭吻鞠躬打招呼，又轉向洪先生，說道：「把本子還給我！」他的聲音不大，卻透著一種威嚴，完全不像個十歲的小學生。

知宵看看洪先生，又看看沈碧波，不明白「本子」指的是什麼，但覺得洪先生可能隱瞞了一些事實。

「你先把豌豆黃交出來！小小年紀，心腸這麼壞！」洪先生尖著嗓子說。

沈碧波沒有說話，就連知宵也能感覺到沈碧波的身體裡湧起一種危險的氣息。

洪先生擺出一招「青龍擺尾」，說道：「看來得動真格的，好好教教你妖界的規矩了！」

接著，洪先生撲向沈碧波，沈碧波迅速從口袋裡掏出一瓶噴霧，「嘶」一聲噴到洪先生的臉上。洪先生皺著眉頭，哇哇大叫著撲向沈碧波，「啪啦」扯下了沈碧波的一隻袖子。

戰況激烈，連饒舌之風也飛出知宵的耳朵看熱鬧。

這時，螭吻擋在沈碧波和洪先生之間，示意兩人停下來，說道：「喂，這兒可是我的地盤，你們不要亂來！我脾氣也不好，到時候誤傷你們，我絕對不會道歉的。」螭吻的語氣很平靜，但沈碧波和洪先生都很知趣，一個收起噴霧，一個收起招式。

「快把本子還給我！」沈碧波又對洪先生說，還是那副冷冷的樣子。

「為了一本速寫本追過來，你倒挺認真。」洪先生變魔術似的，從袖子裡掏出課本大小的速寫本，笑嘻嘻的晃了晃，「就因為你一直這麼在意，我在想，這裡面到底畫了什麼見不得人的東西！」

原來，因為遭到沈碧波反抗，洪先生順手拿起一本速寫本擋在面前，意外發現沈碧波很在乎這本子。那時姑獲鳥管家金銀先生也來幫忙，洪先生就帶著本子跑了。

洪先生手裡握著速寫本，沈碧波的臉都漲紅了，他作勢要奪回本子，又和洪先生在螭吻的辦公室追逐起來。

這次，螭吻真的生氣了，他大吼一聲，不像人、也不像野獸，如果真讓知宵形容，他只能說，可能這是專屬於龍的嘯聲。

辦公室裡所有的人和妖怪都呆住了，這叫聲擁有巨大的魔力，大家都無力反抗。洪先生更是嚇得連速寫本都掉在了地上。本子翻開了，知宵看到了一張人像素描，是一位年輕的女士，畫得有些粗糙，看起來了無生氣。

屋子裡短暫的安靜了一會兒，這時，一個頂著粉紅色頭髮的小怪物輕手輕腳溜了進來。他的長相和洪先生相似，但是個子更小，應該就是豌豆黃。豌豆黃身邊還跟著金銀先生。他們倆來到辦公室，似乎因為感覺到螭吻吼聲的餘威，顯得有些不自在。

「很好，大家都到齊了，就在我面前把問題說清楚吧！」螭吻有些不耐煩，他對處理這種小事向來不感興趣。可是不知為什麼，仲介公司常常接到調解小糾紛的工作。

豌豆黃畏畏縮縮的看著洪先生，低聲叫了一句：「爺爺。」

洪先生高傲的扭過頭去，不搭理自己的孫子。

豌豆黃小心翼翼的向著洪先生靠近，說道：「爺爺，請您聽我說。」

「沒什麼好說的！」洪先生一把拽住豌豆黃的手腕，「走，跟我回家去。」

「可是爺爺，我有自己的想法，我不能繼續整天和您待在一起了。」

豌豆黃說出來了！知宵也是小孩子，他明白，要在有些專斷的長輩面前說出自己的真實想法，有多不容易！知宵心裡暗暗為豌豆黃喝采。

「你說什麼？」洪先生回頭瞪了孫子一眼，突然笑了起來，「你一定是討厭我這個老頭子，覺得我嘮嘮叨叨很煩，對不對？」

「不是。」豌豆黃使勁搖頭，「我很尊敬您，也喜歡和您一起生活。可是我不可能永遠生活在您的保護之下，我也會長大。不過，我一聲不吭就離開家，讓您擔心，非常抱歉！波波和金銀先生好心讓我暫時住在他們家裡，這件事情和他們無關，他們並沒有綁架我，請您不要責怪他們。」

螭吻點點頭，說道：「沈碧波看起來也不像會做出這種事情的人呀。洪先生，看來是您多慮了。」

悲傷一瞬間籠罩了洪先生的臉，他的背似乎弓得更厲害了，知宵真擔心他下一秒就會倒地不起。不過很快的，憤怒趕走了洪先生臉上的悲傷，他用不容反駁的語氣說：「離家出走的把戲差不多該結束了吧？別忘了我們滿財的本分！跟我回家去。」

洪先生拉著豌豆黃離開，豌豆黃也不好反抗自己的爺爺。

但沈碧波不高興了，他攔住洪先生，要他放開豌豆黃：「豌豆黃是真心想在我家住下，你為什麼不為他著想？」

「區區人類，你沒資格干涉我們祖孫之間的事！」

沈碧波二話不說，拿出一瓶詭異的綠色噴霧，噴頭對著洪先生，說道：「你快把豌豆黃放開！現在他住在我家，我不會讓任何妖怪欺負他，就算你是他爺爺也不行！」沈碧波的情緒越來越激動。

知宵覺得奇怪，平常在學校裡，沈碧波從來都是冷到零下幾度，絕不會表現出什麼情緒。

洪先生伸出乾枯的手掌想推開沈碧波，可是當他注意到豌豆黃可憐巴巴的目光，他的手還是停在了半空中。老滿財歎了一口氣，把手放下，轉過頭去看著窗外。

這時，螞吻說：「我猜，你們祖孫倆現在可以靜下心來好好談談了。我家的花園很適合談心喲！」

螞吻推開窗邊的門，漂亮、雅緻的花園躍入大家眼中。豌豆黃和洪先生在花園裡找到一條長椅坐下了。

姑獲鳥金銀先生和沈碧波坐在螞吻辦公室的沙發上，沈碧波的臉漲得通紅，看來剛剛真的很生氣。螞吻靠在椅子上閉目養神，知宵和柳真真還得留下來收拾剛剛被洪先生和沈碧波弄得一團亂的辦公室。

茶來縮成一團，像一個花花綠綠的毛球，滾來滾去撒著嬌。柳真真拎起茶來，把它扔到走廊上，茶來便順勢從樓梯一路滾向一樓，樓梯上的灰塵幾乎都被它的毛吸光了。房客兼清潔員的螃蟹精轟隆隆正在打掃環境，一看到這個「自動吸塵器」，樂不可支，雙手馬上化成了蟹鉗子，在走廊上手舞足蹈。

這時，知宵手中的掃帚被人一把搶了去。他扭頭一看，是沈碧波。

「你別動，是我弄亂的，我來打掃。」沈碧波語氣生硬的說。

柳真真聽了，趕緊把抹布也遞給沈碧波。

沈碧波默默的開始幹活兒，金銀先生也只得幫忙。知宵有些驚訝，但很快就明白了：之前沈碧波不是一直想巴結螞吻嗎？剛剛螞吻有些生氣，他一定是想借這個舉動挽救自己的形象。

柳真真故意將門打開一道縫，偷偷聽螭吻花園裡的祖孫倆在說些什麼。說是好好談談，大多數時間都是洪先生對著豌豆黃破口大罵，豌豆黃也不頂嘴，倒是柳真真和知宵在一旁替豌豆黃乾著急。

不知為什麼，知宵想到了爸爸剛過世不久的夜晚。那天，鼠妖柯立代表金月樓的全體房客來找知宵和媽媽，媽媽當時正考慮要不要把金月樓賣掉。

「可是客棧裡住著很多我認識的妖怪啊，」知宵說，「我們把它留下好不好？妖怪們可以交很多房租啊。」

「知宵，不要整天說妖怪、妖怪！」媽媽當時不太高興。

幾個月之前，妖怪房客們想來參加爸爸的葬禮，也被媽媽拒絕了。他們只好偷偷跑過來，躲得遠遠的，眼神裡滿是悲傷，不過知宵還是發現了他們。那時他才真正明白，妖怪房客們多麼喜歡爸爸，他很疑惑為什麼媽媽就是不喜歡他們。

那天晚上，也不知道柯立和媽媽談了多久，說了多少好話，答應了給多少房租，媽媽才決定不賣金月樓，不過卻叮囑知宵不能經常去那兒跟妖怪混在一起。這已經是媽媽最大的讓步了。

知宵覺得媽媽和洪先生很像。媽媽不讓他和妖怪們打交道，是不是也和洪先生一樣，希望自己永遠待在她身邊呢？但是知宵心裡壓根兒沒想過要離開媽媽呀。妖怪客棧很好玩，他喜歡那兒，喜歡螭吻和妖怪們，但他更喜歡自己的家。

「如果你實在不想和我這個老頭子一起生活，也不能住進沈家！那個人類孩子太可惡了！」

洪先生的話打斷了知宵的思緒，這隻老滿財的聲音響亮極了，好像怕辦公室裡的人聽不到似的。

這時，豌豆黃總算開口了：「這也是因為爺爺您先出手了啊。請您不要帶著偏見看待沈碧波，他是我的朋友。您不是希望我多交朋友嗎？」

「哼，我快被你氣死了！你愛住哪兒住哪兒吧，今後不要再來見我！」

洪先生大叫一聲，衝進辦公室，也不和大家打招呼，就衝出了另一扇門，沿著樓梯「噔噔噔」的走了。

豌豆黃也跟了進來，朝螭吻鞠了一個躬，說道：「不好意思，給您添麻煩了。」然後他的目光又轉向沈碧波，說：「我不能放著爺爺不管，我得去找他。雖然這樣說有些厚臉皮，但我還能繼續住在你家嗎？」

「當然可以啊。」沈碧波說。

豌豆黃感激的點點頭，也離開了妖怪客棧。在沈碧波和金銀先生的努力下，螭吻的辦公室很快就恢復了原樣，他們倆也向螭吻辭行。

金銀先生說：「螭吻先生，春分時節會有姑獲鳥的聚會，今年能否邀請您出席呢？」

蟎吻拒絕了，他笑著說：「你不用說客套話啦。你們的首領十九星討厭見到我，你又不是不知道。我就不去惹她不高興了。」

金銀先生覺得有些尷尬，便帶著沈碧波回去了。

蟎吻這才感歎道：「知宵，說起來你和碧波也是同學，可是你們連個招呼都不打，人情冷漠至此嗎？這個人類世界已經不適合生存了嗎？」

「請您不要把問題想得這麼嚴重，我和沈碧波本來就沒什麼來往。」知宵有些臉紅，但還是故作鎮靜的說。

其實，知宵雖然不是特別活躍，但和班上大部分同學的關係都不錯。唯獨沈碧波，知宵早就決定，整個小學期間，最好都別和那個奇怪的男孩走得太近。然而，經過今天的事，知宵隱隱覺得，說不定以後大家會常常見面。

第五章

鼠妖雅集

送走滿財之後，螭吻仲介公司的工作照常進行。知宵接到兩個找工作的電話，還有一位白頭髮的老婆婆上門，希望仲介公司幫忙送信給她的老朋友。原來，妖怪大多行蹤隱祕，大家都更樂意讓仲介公司幫忙傳信。

後來，還有一位四肢發達、但是看起來非常憨厚的客人，準備舉辦盛大的五百歲生日聚會，希望仲介公司幫他介紹籌辦聚會的妖怪。知宵感慨，螭吻仲介公司的服務項目真是五花八門。

小狐妖樂滋滋又來了。他一直黏著知宵，根本不理睬以前陪他玩的柳真真。他央求知宵帶他出去玩，還要求再吃一次上回沒吃到的甜品，他似乎已經忘了那個凶巴巴的店員。

知宵知道躲不過，牽著樂滋滋出了妖怪客棧，他們很快來到昨天的那家甜品店。知宵一眼就看到了坐在角落裡的沈碧波，他正在喝果汁，一臉不高興的樣子。這時，沈碧波也看到了知宵。知宵朝他揮了揮手，沈碧波還是一臉冷漠，視知宵如空氣。

老闆娘就坐在沈碧波對面，不知道在對他說什麼。知宵不由得感歎，世界真是太小。

老闆娘也看到了知宵和樂滋滋，走過來笑著說道：「我記得你們倆，前些天我家店員太無禮，我代他向你們道歉。今天的甜品由我請，怎麼樣？」

「太棒了！」樂滋滋叫道，水汪汪的大眼睛望著老闆娘，「阿姨，您真好！」

「無憂無慮的小狐狸啊，我真羨慕你。」老闆娘感歎道，目光轉向知宵，「可是，你好像有心事喲！」

自己有什麼煩惱嗎？知宵摸著耳朵認真想了想，說道：「好像沒有啊。」

「那可能是煩惱把自己藏得很好，你還沒發現它。如果哪一天你找到了它，覺得難過，可以光臨我家的店喲。我這裡有專門改善心情的小點心，剛剛那個帶著妖氣的人類小孩子，就經常來品嘗呢。」

知宵不由得看了看沈碧波所在的地方，但沈碧波已經離開了。

老闆娘繼續說道：「還有一件事，昨天晚上，你好像嚇壞了一個小精靈。」

「誰？啊，是食夢妖嗎？」知宵問，「您怎麼知道？」

「因為我也是食夢妖啊，還是那些小精靈的首領呢。」老闆娘說，「它們法力不夠，膽小又脆弱，真是被嚇得不輕呢。」

「它們應該不會來偷我的夢了。」

「你想要它們來嗎？」

知宵點點頭。

「這次不要突然睜開眼睛才行呢。」

「絕對不會，我保證！」

樂滋滋吃到心滿意足，才跟著知宵離開。他們倆來到離妖怪客棧不遠的十字路口，冷不防後背被拍了一下。知宵回頭一看，居然是山妖咕嚕嚕和嘩啦啦。

「小老闆，小狐狸，這次不會讓你們逃走了！」

「是的，我們要來報仇啦！」兩隻山妖突然把兩團淡綠色的奶油「啪啪」砸在知宵和樂滋滋臉上，然後大笑著轉身跑開，毫不在意路人的目光。

知宵被嚇了一跳，綠色的奶油黏在臉上，有一部分不小心跑進嘴裡，那味道竟然比中藥還苦。知宵的臉皺成一團，樂滋滋又哭了起來。這就是山妖的報復，讓人哭笑不得。

一回到妖怪客棧，客棧經理柯立的三個活寶姪子——包子、餃子和饅頭就笑嘻嘻的走過來，也不管知宵滿臉奶油，便你一言、我一語的對知宵說了些什麼。

原來，包子他們想請知宵參加今天晚上的鼠妖雅集。

「所以，我要去一個全是老鼠的地方嗎？」知宵一想到這兒，就渾身發麻。

「我們和普通老鼠可不一樣，我們是集天地之靈氣的偉大鼠妖，會用世界上最好吃的奶酪招待你喲！」餃子大言不慚的說。

「既然是雅集，當然是高貴鼠妖的集會，一個月只有一次，因為舉辦地點就在妖怪客棧，所以我們想邀請小老闆參加。」饅頭補充道。

說不定會很好玩，還是參加吧。可是集會從晚上十點開始，那時他應該已經回家睡了。

「沒關係，柯立叔叔會悄悄到你家，把你接出來。」包子說。知宵猶豫再三，還是答應了。

到了晚上，柯立開著一輛飛車，把知宵從臥室接到妖怪客棧。不過柯立並沒有參加鼠妖雅集，他說這是年輕一輩的集會，他早被排除在外了。知宵覺得，柯立看起來也根本不感興趣。柯立有一份穩定的工作，又要兼職管理妖怪客棧，生活得很正經也很忙碌。

鼠妖們的集會就在妖怪客棧的天臺上舉行。除了包子、餃子和饅頭，還有好幾隻沒怎麼露過面的小老鼠。寒風從四面八方湧來，大家圍坐在南瓜火爐前，溫暖的火光把大家包圍住，像一件禦寒的大衣隔絕了冷空氣。

包子顯然是這次集會的召集者，他站起身來看了看眾鼠妖，清了清嗓子說道：「只差迪迪，我們不等她了，先開始吧。首先，為了歡迎妖怪客棧小老闆的到來，我們先演唱一首歡迎曲吧。」

小老鼠們像變戲法似的，從身邊拿起樂器，有吉他、貝斯，也有葫蘆絲、竹簫，還有小提琴、喇叭，這些雜七雜八的樂器同時響起來，音樂聲聽起來有些混亂，但奇怪的是並不難聽。

饒舌之風在知宵耳朵裡，輕輕跟著曲調哼唱起來。這縷風告訴知宵，現在老鼠們演奏的可是妖界的經典曲目。

突然，天臺連接樓梯間的破門「轟」的一聲被推開，一個梳著馬尾的瘦小女孩跑過來，說道：「非常對不起，我來晚了！」

她朝大家深深的鞠了一個躬，頭都快撞到地面了。看來這就是鼠妖迪迪。

包子讓大家擠了擠，為她騰出位置。迪迪就坐在知宵身邊，不停的喘著粗氣。

「迪迪，怎麼又遲到了？你的工作真的有那麼多嗎？鼠妖每個月只有一次集會，至少要告訴你家老闆，讓他通融一下，你好早些下班呀。」包子雙手抱在胸前，語氣裡有些責備的意味。

迪迪又向大家說了不下十次「對不起」，然後說道：「其實都是因為我笨手笨腳，總是比別人慢半拍。我保證下次絕對不會遲到。」

「你每次都這樣說，但還是每次都遲到。」饅頭嚷嚷道。

包子快速撥了幾下吉他的弦，說道：「好了，別吵了。咱們還是唱歌、吃東西、聊天吧。」

包子演奏起一首舒緩的民謠，其他老鼠則開始消滅食物，他們雖然化成了人形，卻還保留著老鼠的本性，都小口、小口的快速吃東西，一邊吃，一邊聊個不停。

大家正暢談著妖界的八卦，知宵一點也聽不懂。每隻老鼠開口時，都會說一句開場白：「據小道消息……」知宵突然想起一句話：人妖殊途。

很快，大家談到了螭吻，知宵總算覺得有些意思了。這位龍子放蕩不羈，只顧自己逍遙快活，如今竟然充當起一棟破樓的保護人，多麻煩！眾妖紛紛猜測，知宵可能是螭吻的親戚。幾隻鼠妖向知宵求證這個說法，知宵否認了。

此外，雖然出身高貴，但從古至今螭吻都吊兒郎當，還幹了不少糊塗事，得罪了數不清的妖怪，留下了一堆笑話。知宵聽大家講這些趣事時，肚子都笑痛了。

可是，螭吻的這種個性讓他結交到許多朋友，也樹立了不少敵人，最具代表性的就是姑獲鳥的首領十九星。小老鼠們說，十九星做事一絲不苟，最看不慣螭吻亂來。

很自然的，話題就從螞吻跑到了姑獲鳥身上。有一隻鼠妖一聽姑獲鳥就非常生氣，這隻小老鼠聲稱他以前的老大是一隻了不起的鼠妖，有一次在草地上散步時，被一隻名叫木息的姑獲鳥抓住吃了。這個仇他將來一定要報。

其他的老鼠也提供了更多關於姑獲鳥的流言蜚語，比如，姑獲鳥好像又開始偷人類的孩子了。真是了不得，姑獲鳥還有這樣的惡習！可能真的像小麻雀白若說的那樣，沈碧波是十九星偷來的。又有一隻老鼠說，最近人類世界發生的很多災害都和姑獲鳥有關。

「姑獲鳥在妖界的名聲不好嗎？」知宵問。

「總體來說還是很好的，十九星大人也一直很受尊敬。不過林子大了，什麼姑獲鳥都有。」饅頭指著迪迪說，「迪迪的雇主就是一隻姑獲鳥，口碑不怎麼好。你看，迪迪每次都遲到，就是那隻壞鳥總是給她幹不完的活兒！」

大家的注意力轉向迪迪，這隻正默默聽大家說話的小老鼠，小聲說道：「這個，背地裡說別的妖怪壞話，總是不太好。」

「我們的集會就是為了說閒話、傳八卦呀。」包子語重心長的開導道。

於是，大家繼續議論姑獲鳥，話題毫不奇怪的轉到了沈碧波身上。

「你們知道嗎？據說十九星執意要把首領位置傳給沈碧波，不僅是因為她寶貝自己的兒子，更重要的是，沈碧波是被那把劍選中的！」

這話一出，眾老鼠都竊竊私語起來。

「一把劍？首領不是十九星決定的嗎？」知宵趕緊問。

「那是誓約之劍，擁有強大的力量，得到那把劍承認的姑獲鳥才能當上首領。可是啊，那把劍的眼光一直都不太好。」一隻鼠妖壓低了聲音，「不是我想說十九星大人的壞話，但聽說她的姊姊十九月當年更具有領袖風範，可是那把劍卻選了十九星成為首領。現在，這把劍更糊塗了，居然選了個人類！」

「就是，就是，還是個小孩子呢！大家都說，這把劍說不定是被十九星給下了咒，要不然怎麼可能接連看走眼！」

「我還聽說，十九星大人正考慮著要把沈碧波變成真正的姑獲鳥呢。」

「這也行？」知宵叫道。

「這有什麼，對十九星大人來說是小事一樁。為了安撫那些不滿的姑獲鳥，把沈碧波也變成姑獲鳥比較好。」饅頭回答道，「姑獲鳥特別心高氣傲，怎麼可能願意讓人類成為他們的首領呢？很多姑獲鳥因為這件事都想要脫離羽佑鄉，不再聽命十九星呢。對了，迪迪的老闆好像就是其中一隻。」

大家的目光紛紛轉向迪迪，迪迪點點頭，有些膽怯的說：「最近，幾乎每天都有姑獲鳥上門來，躲在老闆家的地下室裡一起商量些什麼。有一次，我聽見老闆特別激動的說，誓約之劍這種昏頭昏腦的選舉方式早就過時了。」

知宵有些認同，可是他轉念又想，姑獲鳥們因為沈碧波的人類身分而否定他，不也同樣很迂腐嗎？

「還有啊，據傳十九星的姊姊十九月要回來了。」饅頭說。又是一陣竊竊私語。

「怎麼可能？她不是死了嗎？」

「誰說的？那種大妖怪怎麼可能輕易死掉嘛！」

「這個我知道，十九月當年因為不滿妹妹十九星當選首領，大鬧過一場，但她只是被羽佑鄉放逐，據說，連羽衣都被收走了呢。」很快，鼠妖們的話題又扯到了知宵不認識的妖怪身上，他插不上話。這只是一場不停談論小道消息的集會，根本不能算是「雅集」。

這時，迪迪拽了拽知宵的袖子，小聲說：「小老闆，我聽說高飛失蹤了，現在他回來了嗎？」

知宵這才想起，他好像都把這件事忘記了。「啊，他還沒有回來！」知宵說，「迪迪，你是高飛的朋友嗎？」

「他在我老闆經營的藥房裡工作，我認識他，知道他偷了老闆的藥材。我很擔心他的安全，我老闆很嚴厲，絕對不允許自己的員工這麼做的。」

原來，迪迪那個嚴厲的雇主就是木汀，就是他之前派花領帶先生來找妖怪客棧的麻煩。

知宵覺得最近總是聽見姑獲鳥的消息，先是木汀來找麻煩，然後知道了沈碧波竟然是姑獲鳥的少主，再來是今天的滿財事件也和沈碧波有關。姑獲鳥之間到底發生了什麼？知宵憂心忡忡。

這時，身後傳來茶來的聲音：「我來得正是時候嘛！你們吃得挺香的。」

那隻花花綠綠的胖貓擠過來，看到飲料、美食，眼睛都快放光了。小老鼠們卻都嚇得大氣也不敢出，擠成一團。就算是鼠妖，也會害怕貓妖呀。

這一個月一次的鼠妖雅集，都被茶來毀了。臨近午夜，知宵呵欠連連，準備下樓找柯立送他回家，卻不小心踢到了什麼東西，一個踉蹌撞在樓梯口旁邊的牆上。

這時，身後傳來「喵嗚」的聲音，知宵聽到茶來嚷嚷道：「李知宵，你沒長眼睛嗎？我差點被你踩死啦！咦？等一下，附近好像有什麼好聞的味道……」

知宵看到茶來左嗅嗅、右嗅嗅，像在尋找著什麼。很快，這隻貓鑽進樓梯間旁一間堆雜物的小房間，不一會兒又扭著一身肉鑽出來，還用尾巴拖出一隻籠子。

奇怪？那隻籠子裡面關著一盆有些像水仙的草。為什麼要把這株草關起來呢？

茶來舉起前爪按在籠子上，說道：「知宵，這是什麼草？怎麼會在妖怪客棧

來氣候變化，飛草快要滅絕了，物以稀為貴，現在它可值錢了。可惜，一片葉子沒什麼用，重要的是飛草根。」

一旁的柳真真抿嘴一笑：「知宵、茶來，看來你們倆錯過了成為百萬富翁的機會。」

「都怪茶來！」知宵說，「會飛的草呢，既是盆栽又是寵物，就這樣被你放走了！」

「不能怪茶來。所有的貓，即使是貓妖，天生對飛草的氣味都會反感，所以茶來才會想盡辦法毀掉飛草。」曲江說。

「聽見沒？這是天性，我可沒辦法控制。」茶來得意揚揚的擺了擺尾巴，說，「真稀奇，妖怪客棧的雜物堆裡竟然藏著這樣的寶貝！它是從哪兒來的呢？還是說，你們這棟破客棧本來就是藏寶勝地？沒時間和你們囉唆了，我要尋寶去囉！」

茶來一溜煙小跑到樓梯口，一頭栽進雜物間裡。沒過一會兒，貓叫聲和一個小男孩的吼聲混雜在一起，從房間裡傳出來。

大家趕緊跑過來，看到一個小男孩拽著茶來的尾巴，從雜物堆裡鑽了出來。

那是一個和知宵差不多高的小男孩，但看起來比知宵壯實多了，他長得虎頭虎腦，有著蠟筆小新一樣的濃眉毛和一對圓溜溜的眼睛。

「高飛！」曲江和知宵異口同聲的喊道。他們的叫聲也吸引了很多妖怪房客打開房門出來圍觀，大家看到失蹤很久的八哥鳥高飛又回來了，都在指指點點。知宵想起大家似乎不怎麼喜歡高飛，對他偷走藥材、把壞蛋引來客棧的事情也耿耿於懷。

「喂，臭鳥兒，快把我放下來！小心我一口把你吞了！」茶來一邊掙扎，一邊嚷嚷道。

「臭肥貓，是你搶走了我的飛草，對吧？」男孩氣呼呼的說，他的眉毛生動、活潑的動來動去，知宵忍不住「噗哧」一聲笑了起來。

第六章

誤入姑獲鳥之鄉

這時，高飛看到知宵懷抱著飛草的葉子，放下茶來，指著知宵說道：「小老闆，沒想到是你偷的！我的飛草呢？」知宵還沒來得及辯解，高飛就提高了聲音接著說，「籠子明明上了鎖，你是怎麼把它打開的？小老闆，你是故意的吧？」

連珠炮一樣的指責讓知宵招架不住，他趕緊說：「冷靜，冷靜。就因為它被關起來了，才讓人特別想把鎖打開看看稀奇啊，而且放走那株草的人不是我，是茶來。還有，你怎麼就能證明籠子裡的飛草是你的？奇怪？那明明是茶來在角落裡找到的！啊，我知道了，這就是你從木汀的藥房裡偷走的珍貴藥材，對不對？」

高飛突然瞪大了眼睛，摀住了知宵的嘴巴。知宵掙脫了高飛的手，小聲說：

「你家那個不好對付的姑獲鳥老闆，前幾天還派人來這裡找麻煩呢！他好像還在到處找你，現在你怎麼辦？」

「我本來都計畫好了，可是現在飛草不見了，所有的計畫都泡湯了。」高飛歎了一口氣。

「全都怪你自己。這麼珍貴的東西，你為什麼要隨隨便便藏在雜物間裡？」茶來說。

「籠子太結實了，我一時之間沒有打開，帶著它逃跑多不方便，所以我就先把它藏在客棧裡，直到今天才敢回來拿，沒想到發生這樣的事！完蛋了，全都怪你們！」

真是趾高氣揚的小偷，連咕嚕嚕和嗶啦啦都比不上他！知宵本來心裡還有幾分愧疚，現在也消失無蹤了。

茶來不情願的說：「你還是快點回藥房向你的姑獲鳥老闆請罪吧，態度好一點兒，然後再乖乖幹活兒賠償飛草的損失。畢竟是我放走了那株草，我也會負責的。」

「就這樣空著手回去，你們想讓我去送死嗎？你不知道那隻姑獲鳥有多可怕，他絕對會讓我一生為他幹苦力！」高飛的情緒有些激動，眉毛動得更厲害了，「小老闆，飛草是什麼時候逃跑的？」

「你們倆緊跟在我身後，我們一起穿過牆壁。」茶來說。

茶來跳進了「福」字裡，知宵趕緊跟上它，深吸一口氣，一頭撞向「福」字。知宵發現牆壁變得軟軟的，就像鑽進了水裡一樣。一瞬間，身邊熟悉的風景消失了，知宵他們來到了仙路中。

和上次一樣，仙路裡的景致模模糊糊，能夠看到些影子，隱約聽到些聲音。可是，又有些不一樣的地方。這條路實在悶得慌，知宵頭暈目眩，腦子像是一團漿糊，明明聽到茶來、高飛和柳真真的聲音，卻感覺他們離自己有好幾個宇宙遠。很快，他什麼也看不到了，像酒鬼一樣東搖西晃，也顧不得饒舌之風正在他的耳朵裡大聲嚷嚷。

「喂喂，快出去，路況太糟糕，你是想讓我暈死在你的耳朵裡嗎？」那縷風好像這樣抱怨著。

高飛跑過來扶住知宵，說道：「搞什麼呀，從來沒見過有人暈仙路！」

「這條路好像快要消失了，連我這種大妖怪都覺得不太舒服，知宵本來就弱不禁風，有這樣的反應很正常。」茶來說，「真真，你還好嗎？」

「沒問題。」柳真真逞強的說，但是茶來看到了她額頭上滲出的汗珠。

「小老闆的爸爸明明那麼厲害，沒想到兒子這麼差勁！」高飛繼續氣沖沖的嚷嚷。

知宵隱約聽到了大家的話，想反駁自己才不是弱不禁風，可是他的嘴巴一張一合，竟一個字也沒說出來。

這時高飛又叫道：「茶來，情況很不妙，小老闆的手冰冰的！」

知宵也感覺到自己的右手很冷，茶來好像跳到了他的頭頂，伸出爪子在他的臉上動來動去，說道：「沒事，沒事，知宵好得很！」聽茶來這樣一說，知宵又覺得沒那麼難受了。

大家總算走出了仙路，眼前是叢叢綠樹，聲聲鳥鳴，潺潺流水。更重要的是，滿滿的都是新鮮空氣，知宵瞬間復活了。他刻意和柳真真握了握手，確定自己的體溫確實要比柳真真的體溫低。這是怎麼回事呀？

「對了，你的曾祖母章含煙不是雪妖嗎？她的體溫一定很低。你的體溫變低，正好說明你繼承了雪妖的力量嘛。」柳真真說。

現在，自己的力量終於要甦醒了嗎？剛剛只是經過了一條仙路呀。知宵忍不住大笑起來，又蹦又跳。也許很快他就能和爸爸一樣，成為妖怪房客們心中的大英雄了呢。

花花綠綠的茶來把自己團成一個肉球，在草地上打滾兒。高飛變回了八哥，他長著黃色的腳和黃色的嘴，羽毛又黑又亮，可是沒有那兩道滑稽的眉毛，反倒讓人感覺有些不習慣。

知宵問茶來：「我們現在在哪兒？好像走了很遠。」茶來伸長脖子打量四周，自信滿滿的說：「絕對錯不了，這兒就是羽佑鄉！」

知宵有些興奮：「羽佑鄉？是之前你們說的，姑獲鳥的故鄉嗎？」

茶來點點頭：「羽佑鄉有許多出入口，常常有人類誤闖到這兒來，被姑獲鳥施了法術送出去之後，再亂寫一通自己的神奇經歷什麼的。我還以為我已經知道了它的所有入口，沒想到這兒還有一條密道！哈哈，知宵，我們現在和發現美洲大陸的哥倫布差不多！」

知宵驚訝得說不出話來。他原以為仙境是遙遠的地方，難以到達，沒想到無心之中竟然走了進來！而且還是最近總是聽說的姑獲鳥住的羽佑鄉！會不會見到真正的姑獲鳥？會不會偶遇沈碧波？他的媽媽十九星到底是什麼樣的人呢？

柳真真也非常激動，說道：「我從來沒到過仙境，這次到的還是羽佑鄉！我們趕快參觀一下吧。」

「過不了多久天就黑了，羽佑鄉這麼大，找一株草很不容易。別想著參觀，先完成任務！」高飛非常嚴厲的說道，既著急又生氣。柳真真忍不住朝他扮了個鬼臉。

大家在飛草葉子的帶領下在樹林裡穿行，不時會看到點綴在山間的小屋，腳邊偶而會跳出幾隻半透明的小精靈，但看到他們馬上就躲了起來。羽佑鄉面積廣闊，除了姑獲鳥外，還有其他妖怪居住。現在大家所在的森林應該離中心地帶還有些距離。

沒過多久，知宵一行走出了樹林，四周變得開闊又明朗，一眼就能看到點綴在河對岸山坡上的建築。雲霧纏繞在屋舍之間，像是神仙的住所。那兒就是姑獲鳥的城池。

飛草的葉子蹦跳得更厲害了，似乎想要去那兒。

「完了！飛草多半是被哪隻姑獲鳥抓住，不會還給我了！」高飛嚷嚷道。

「姑獲鳥才不會這麼滿不講理，就算它們不願意還，和十九星交涉一下，十九星會幫忙的。再說了，你的老闆不也是一隻姑獲鳥嗎？」茶來異常嚴肅的說。本來花花綠綠的他看起來也沒那麼滑稽了。

高飛似乎並沒有受到鼓舞，只是默默的朝前走。大家什麼也沒說，很快走出樹林，經過長滿雜草的河灘，穿過河上的石橋，沿著大路一直來到了聳立在半山腰的木牌坊前。牌坊後面就是重重屋舍，屋子也都是木頭建造而成的，古色古香。石板路彎彎曲曲朝著山頂的方向延伸，路邊種著整齊的行道樹。這兒正是姑獲鳥聚居之地，他們的老家，可是現在大多數姑獲鳥好像都不在羽佑鄉，房屋大多上了鎖，路上也是冷冷清清的。

高飛把飛草葉子藏進了懷裡，還不時低頭查看，確定前進方向。最後，大家來到了離山頂最近的一座莊園前面。它的名字叫棲舍莊，是姑獲鳥首領十九星的家。

知宵走上臺階，叩了叩門環。

門開了，一大一小兩隻姑獲鳥落在大家面前。大的一隻撲搧著翅膀，化成一位身穿黑色風衣的叔叔，看起來風度翩翩。他說自己叫乘風。小的那隻很快也化成了人形，竟然是沈碧波。

他冷冰冰的問道：「是你們？你們跑來羽佑鄉幹什麼？」

「我們有事要找十九星。」茶來說。

沈碧波一臉懷疑，但還是把大家領進家門，來到會客廳。跟在沈碧波身邊的那位叔叔便去找十九星。沈碧波什麼也不說，雙手抱在胸前，冷著臉像打量犯人一樣看著大家。

高飛發現飛草的葉子蹦跳得更加厲害了，小聲對知宵說：「飛草就在這院子裡，我該怎麼辦？」

「等見到十九星再說吧。」

「萬一她不準備把飛草還給我，那可如何是好啊！」

老實說，知宵也忐忑不安。想想看，沈碧波的脾氣那麼糟糕，他的媽媽怎麼可能好說話？鼠妖們也說過，十九星是個嚴厲的妖怪，所以她才很不喜歡懶散的蝻吻。知宵不由得想到了他那嚴厲的數學老師。

這時，一陣風湧進了屋子裡，傳來一個溫和、動聽的聲音：「不好意思，讓大家久等了。」知宵循著聲音轉過頭，便看到一個穿著黑色長裙的高個子女人，款款朝大家走來。她的頭髮高高盤起，看起來非常年輕，皮膚像雪一樣白，還閃閃發光，比那些電影明星還要好看。

這就是沈碧波的媽媽？他媽媽還真年輕……等等，沈碧波的母親，不就是姑獲鳥的首領十九星？終於見到十九星了，知宵變得不自在起來。除了蝻吻外，他從沒見過妖界大人物。蝻吻總是吊兒郎當，一副欠扁的樣子，很難讓人聯想到高貴，眼前的十九星就完全不一樣了，她渾身上下都散發著耀眼的光芒。

十九星先是看了看沈碧波，然後目光轉向知宵一行人，笑著說：「波波，沒想到你竟然帶了四位朋友回家來呢，真難得，還騙我說你沒交到朋友。哎喲，這不是蝻吻的手下貓妖茶來嗎？少見，少見。今天我一定得好好招待大家。」

「他們全都不是我的朋友，是我在門外遇到的，看起來好像要做什麼壞事。」沈碧波說，「那個濃眉毛的傢伙，懷裡還藏了什麼東西，一直發出奇怪的響聲，太可疑了。說不定他們只是想來偷東西。」

「你太沒禮貌了，波波。」十九星的語氣變得嚴肅起來，「既然斑沒有阻止他們靠近我們家，就說明斑認為他們沒有惡意。還是不要懷疑斑的能力，他會生

最生氣的是高飛，他不停晃動著玻璃瓶，叫那片葉子快起來，可是葉子文風不動，就是不動了。

沈碧波冷笑了一聲，說道：「現在，你們可以停止對我家無禮的窺視了吧？」

大家只好作罷，離開息園，回到會客廳裡。大家將剛剛在息園裡發生的事情告訴十九星，十九星笑著說：「斑一定是想和你們開個玩笑，不用擔心，我幫你們把飛草找回來。」她抬起頭來對著空氣說道：「斑，別逗這些孩子玩了，把飛草拿出來吧。」

「憑什麼？這株草是我抓住的，它現在是我的。」一個清脆的小男孩的聲音響起，誰也沒辦法確定這個聲音來自哪個方向。

「別鬧了，斑。」十九星說。

「我沒鬧，我就是想和飛草再玩一下。」

接下來，無論十九星說什麼，都不再有聲音回應她。十九星非常無奈的歎了一口氣，完全拿斑沒辦法的樣子。知宵更好奇斑的真實身分了。

乘風和斑的關係很好，十九星讓乘風去說服斑。這時候晚餐已經準備好了。長長的桌子快占據了整個飯廳，大家聚集在桌子的一頭，很快就有兩位穿著花花綠綠衣服的姊姊端著盤子過來，把知宵從未見過的、香噴噴的誘人食物放下——她們全都是姑獲鳥變的。知宵跑了一天，早就餓壞了，拋開禮節狼吞虎嚥起來，柳真真和茶來的吃相也不怎麼好看。高飛還在為飛草的事情憂心忡忡，決定透過大吃大喝讓自己平靜下來。沈碧波不時拋給四位客人一個白眼，不過大家都顧著吃飯，沒空搭理他。

十九星有些抱歉的對大家說：「請給我一些時間，三天之內，我一定會把飛草交給你們。那麼罕見的植物，可不是鬧著玩的。」

這時，有兩位看起來氣宇軒昂的先生走進來，在十九星耳邊說了些什麼，十九星皺起了眉頭，看來首領有很多需要操心的事。這時，知宵發現十九星那張好看的臉龐上，藏滿了疲憊，和知宵剛剛下班回家的媽媽一樣。

十九星又讓人拿來點心送到沈碧波的房間裡，她對知宵一行人說：「你們小孩子有自己的話題要聊，不如去波波的房間吧。」

「不用了，阿姨，我們得回去了，天晚了。」柳真真說。

十九星點點頭：「那我不留你們，就讓乘風送你們回家吧。」

沈碧波也跟著他們一起往門外走去，十九星對沈碧波說：「你也要走嗎？」沈碧波在人類的世界裡讀書，在那兒也有一個家，金銀先生負責照顧他。他點點頭，說道：「過兩天就要開學了。」

「今年寒假，你大部分時間都待在那邊呢。到底為什麼，你就不想回羽佑鄉了呢？」十九星自言自語的說，然後又抬起頭來看著沈碧波，「你不是說，今天有什麼事情要和我談談嗎？」

「本來有一件煩心的小事，現在我已經想通了。」沈碧波說。

「那好吧，再見。」說是這麼說，知宵卻看見十九星眼中有些落寞。

十九星笑著朝大家揮了揮手，轉身準備離開，可是沒走兩步她又回過頭，說道：「對了，春分那一天，我們姑獲鳥會在羽佑鄉聚會。那天恰好是週末，我想邀請你們參加。」

參加姑獲鳥的聚會？實在太棒了！知宵和柳真真使勁點頭，沈碧波又開始用白眼，看得茶來只想笑。

高飛還在憂慮飛草的事，他一邊在心裡請求斑，趕快把飛草還給他；一邊又在心裡詛咒斑，只顧自己玩，給他添了麻煩。

知宵跟著大家一起準備離開，他走出大門，驚訝的發現眼前一個人都不見了，腳下出現了一條長長的走廊。真奇怪，走廊好像是突然出現的，把知宵帶去了完全陌生的地方。四周很安靜，也聽不見大家的說話聲。沒辦法，知宵只好悶頭亂撞，想等著遇見一隻姑獲鳥，好帶他回到大家身邊去。知宵走下臺階，發現眼前全是高大、茂盛的樹。在樹林和房屋之間好像有一個湖，湖面上泛著清冷的月光。這時，一縷微風把細小的歌聲帶進了知宵的耳朵裡。唱歌的像是個小孩子，聲音很動聽。

知宵加快了腳步，突然，那歌聲來到他身後，似乎還有人輕輕喘著氣。知宵不敢回頭，只是告訴自己快走、快走，不要害怕。

奇怪？知宵想，難道是自己太害怕，怎麼感覺雙腿像被定住了一樣，一步也邁不出去了呢？

歌聲更近了，知宵嚇得閉上眼睛，歌聲化成了嬉笑聲，接著變成了說話聲：「李知宵，你膽子真小！你是章含煙的曾孫吧？我就是斑。」

知宵鬆了一口氣，說道：「你好。」

「你曾祖母可欠我不少人情，你不介意幫她還一還吧？」斑咯咯笑著說。

知宵根本就沒有拒絕的餘地，只好問道：「你想要我做什麼？」

斑又笑了起來，說道：「這個嘛，很快你就知道了。」

就在這時，離知宵前面不遠的地方出現了一團白色的光。那團光越來越亮，越來越近，朝著他的臉撞過來。在知宵嚇得閉上眼睛之前，他隱約看到一團鳥兒形狀的白色影子一閃而過。等他再次睜開眼睛想看個清楚，鳥兒形狀的白色影子已經不見了。又是一陣風吹來，風裡有著嘈雜的說話聲。

「膽小的人類孩子。」

「身上盡是人類的味道，我最討厭人類。」

「沒什麼法術，沒勁。」

知宵耳朵裡的饒舌之風興奮的叫了起來，說道：「好久不見了，朋友們！」說話聲都快把知宵的耳膜震破了。接著，他便感覺饒舌之風飄出了他的耳朵。難道剛剛說話的是另外的饒舌之風嗎？知宵正準備問個清楚，突然感覺自己的身體急速往後退，像是背後有一部巨大的吸塵器正在吸著他。

知宵徒勞的伸手亂抓，還是被往後吸走，重重的摔倒在地。一團不明飛行物砸進他的懷裡，知宵低下頭，看到了被重重樹枝和藤蔓包裹起來的東西，它有長長的、茂盛的根。

「知宵？你找到了飛草！」知宵抬起頭，看到高飛瞪大眼睛看著他。柳真真、茶來、沈碧波和姑獲鳥乘風也在一旁。不知道為什麼，他一下子就被送到了大家身邊。

「你怎麼會找到飛草？斑不是不願意給你們嗎？」沈碧波皺緊了眉頭。

「這，我也不知道。斑好像說要我幫個忙。」知宵只好老實回答。沈碧波似乎更生氣了，知宵握緊了手中的飛草。

第七章

奇怪的斑點

羽佑鄉的天空比別處都更加高遠乾淨，可以看到許多星星。即使現在是冬天，晚上的風也不冷。姑獲鳥乘風飛得很快、很穩，他張開翅膀，彷彿遮蔽了半個天空。他把自己變得像卡車那麼大，馱著知宵、柳真真、茶來和高飛回家去。

另一隻小小的姑獲鳥也英姿颯爽，飛在乘風前面，那是沈碧波。有時候他會故意飛到乘風旁邊，拿翅膀拂過知宵的腦袋，知宵覺得自己的頭皮都快被沈碧波的翅膀掀掉了。誰都看得出來，沈少爺很生知宵的氣。一切都是因為斑把飛草交給了知宵，要知道，斑可是連十九星的話都不聽的呀，他竟然還想讓知宵幫忙。在沈碧波眼裡，知宵拚盡全力才能做成的事，他只需動一根手指頭就能輕鬆完成，為什麼斑要找知宵幫忙？

知宵有一種不祥的預感，覺得斑要讓他做的事情不簡單。

知宵問茶來：「你知道斑的身分到底是什麼嗎？」

「不知道。大概就是住在羽佑鄉的一個調皮鬼，不過十九星很尊敬他。」能夠得到這種神祕妖怪的信任，知宵心裡又湧起了一股成就感，不由得笑了起來。當然，這讓沈碧波更生氣了。

此時，姑獲鳥乘風扶搖而上，到了伸手就能摸到星星的高度。天空突然裂開一道口子，越來越寬，黑乎乎的，乘風抬眼一看，就衝進裂縫裡。

知宵眼前一黑，接著，冷風從領口灌進來，他縮起了脖子。他看到前方地面星星點點的光，一棟棟高樓像奇怪的盒子聳立著，橋面上的路燈閃閃爍爍，來來往往的車輛川流不息……這是他熟悉的城市。

乘風先把柳真真送回家，接著又把高飛和茶來送回妖怪客棧。離開鳥背時，高飛不自在的摸著自己的小平頭，眉毛動個不停，對知宵說：「小老闆，謝謝你。」他的語氣溫和而誠懇，知宵甚至覺得有些感動，說道：「這也是我和茶來闖的禍，不用客氣。」

「不僅是今天的事情，還有很多、很多事情，你的恩情，你爸爸的恩情，妖怪客棧的恩情，我永遠也不會忘記。」高飛突然抬起頭來望著知宵，他那對活潑的眉毛也安靜下來，一雙眼睛亮閃閃的。

知宵心裡一動，猛然想到了小兔子阿吉，那隻小兔子向他道謝時，也有著相同的眼神。能幫助到別人或是別的妖怪，原來會讓人這麼高興啊。知宵想，爸爸守護著金月樓裡的妖怪房客時，雖然時常被他們麻煩，應該也很開心、很滿足吧！

「接下來你準備怎麼做？要把飛草還回去嗎？」知宵又問。高飛點點頭，說：「其實，花領帶先生已經找到我了，我也去見過木汀老闆，保證會把飛草還回去。」

「你的老闆會不會再為難你呢？」

「我不知道，但我能夠自己解決，花領帶先生之前差點把客棧砸了，我不想再給你添麻煩，小老闆。」

知宵點點頭，心裡又湧起一些失落。其實，如果房客們拿大事、小事找他幫忙，他也會很高興。大家不想給他添麻煩，也是因為他們知道自己根本幫不上什麼忙。

高飛化作八哥鳥飛走了。乘風再次飛上天空，送知宵回家。來到自家的窗戶外，知宵一眼就看到了媽媽，她背對著窗戶在客廳裡看書，一定是在等著知宵回家。知宵讓乘風停在窗前，敲了敲窗戶的玻璃。媽媽好像嚇了一跳，她打開窗戶扶著知宵進屋，然後對還是姑獲鳥原形的乘風說了聲「謝謝」。

如果是以前，媽媽絕對看也不會看窗外一眼，只會假裝妖怪不存在。看來，她真的正在慢慢接受妖怪呀。

知宵心裡喜孜孜的，但乘風離開後，媽媽那嚴厲的目光投向了他，知宵便明白大事不好了。已經是半夜時分，他應該給媽媽打個電話的，可是今天經歷了太多有趣的事情，他完完全全忘記了！

可是，媽媽並沒有責備知宵，只是有些生氣，拿著書回自己的房間了。

知宵鬆了一口氣，不過一躺到床上，他就後悔了——自己還是讓媽媽傷心了。知宵不是調皮鬼，但也不是很懂得察言觀色的孩子，他常常惹媽媽生氣。自從爸爸過世之後，雖然沒有誰對他說過，但他覺得自己必須成為一個小男子漢，為媽媽遮風避雨。可是仔細想想，他好像只是讓媽媽擔心而已。

蝸吻說過，知宵不用每天都來辦公室。明天是元宵節，也是寒假的最後一天，知宵決定乖乖待在家裡陪媽媽。

睡意湧上來，可是知宵翻來覆去就是睡不著，好像缺了點什麼一樣。他想了半天，發現今晚太安靜了，這才恍然大悟——饒舌之風已經離開了。

知宵大概猜到，羽佑鄉裡的那些聲音全都是其他的饒舌之風。自己耳朵裡的那縷風，大概是遇到了它的同伴，所以不需要繼續待在知宵耳朵裡了。可是，雖然才短短三天，知宵已經習慣了饒舌之風的吵鬧，沒有了饒舌之風，他覺得失落極了。

第二天早上，知宵被一陣癢癢的感覺弄醒了。他使勁撓著手背，睜開眼睛，發現手背上多了一團乒乓球大小的黑色斑點！

難道是昨天在羽佑鄉，被什麼蟲子螫了一下？不得了，知宵緊張極了，又仔細瞅了瞅，感覺這斑點好像墨跡，是誰畫上去的一樣。他飛也似的穿上衣服，衝到廁所，試著用洗髮精、沐浴乳、潔面乳、肥皂、洗潔精以及洗衣精洗手，使勁搓洗手背上的斑點，恨不得把媽媽平時拿來清潔的用品一樣一樣試過。最後，手背的皮膚都變得通紅，但黑色斑點還是那麼顯眼。

這個斑點怎麼也洗不掉，但也沒對身體產生不好的影響，難道是斑留下來的？可是這意味著什麼呢？斑點會不會繼續擴大到覆蓋全身？萬一它跑到臉上去了可怎麼辦，不就毀容了嗎？知宵越想越擔心，實在沒心思留在家裡，他跟媽媽打了個招呼，就匆匆忙忙跑去妖怪客棧了。

曲江和柯立都不在，好幾個房客也毫無頭緒，知宵只好叫醒茶來，向它請教。茶來抓過知宵的手看了半天，很專業的樣子，最終得出結論：它也不知道。

知宵更害怕了，他想，螭吻見多識廣，一定知道，但他這兩天好像不在家，也沒說什麼時候會回來。

事到如今，他只好去羽佑鄉找斑問個清楚。可是一想到那條可怕的仙路，知宵就打起了退堂鼓。他又想到去找沈碧波，可是知宵又不知道他住在哪兒。這時，

為他受到了斑的重視呢。於是知宵說：「我拒絕，我不想幫你！」

「不行，不行，你一定要幫忙，不然我就讓黑斑爬到你的臉上。」

手背上的斑點開始發癢，沿著知宵的手臂往上爬，弄得他很不舒服，他只好答應，斑點才停止移動。知宵又問：「你為什麼不自己出馬呢？你那麼厲害，一定能打探到比我更多的情況吧。」

「不行，不行，我因為一些難以啟齒的原因無法離開羽佑鄉，只好讓你充當我的眼睛。你放心，我不會讓你暴露在危險中。現在，你趕快和這隻小滿財一起去找波波，明白了嗎？」

知宵可不想冒著被毀容的風險，只好答應了。

這時，柳真真正推開妖怪客棧的大門，準備來螭吻仲介公司值班。她看到自言自語的知宵和一臉茫然的小滿財豌豆黃，只覺得古怪，就問：「知宵、豌豆黃，你們在幹什麼？」

知宵彷彿看到救命稻草，有柳真真這樣天不怕、地不怕的女孩一起，也能給他壯壯膽子。可是，他為什麼害怕見沈碧波呢？知宵自己也不明白。

知宵說：「真真，我想和豌豆黃一起去找沈碧波玩，你也一起來吧。」

柳真真想也沒想就答應了：「好啊，反正螭吻不在！」

沈碧波見到知宵和柳真真時，一臉不樂意，質問道：「你們來幹什麼？」

「我們來找你一起玩啊。」柳真真說。沈碧波沒有回答，只是瞪著大家。要不是金銀先生走過來，說不定他都不會讓大家進門。受到主人這樣的對待，知宵覺得度秒如年。

可是柳真真對沈碧波的態度毫不在意，她看到了沈碧波書桌上的噴霧瓶，興奮的說：「魔藥？沈碧波，這是你的發明？很好玩啊！」沒過一會兒，兩個人就變得特別親近，像認識了好多年一樣。知宵只覺得不可思議。

沈碧波臉上稍微有點得意，他搬出一個上了鎖的箱子，打開一看，裡面裝滿了各色各樣的瓶子，都是他配製出的古怪噴霧。

「好漂亮啊！」柳真真拿起一瓶琥珀色的噴霧，鼻尖都快碰到瓶子，觀察了半天，說：「真了不起，你好像會配製很多魔藥嘛，比很多魔法師還要厲害！知宵，來試試看，這麼厲害的魔藥一定不會對你造成任何傷害，我也想看看它的效果。」

「那你為什麼不試？」知宵趕緊逃開。

「因為你長著一張好欺負的臉啊。」柳真真一本正經的說著瞎話。

「沒錯，我同意。」沈碧波也加了一句。

沈碧波和柳真真雖然個性不同，但都是大魔王，知宵毫無招架之力。更糟糕的是，斑的聲音還在知宵的腦子裡響個不停，他一直嚷著讓知宵偷偷看一看書桌上的速寫本裡畫了什麼，簡直比饒舌之風還煩人。

趁著柳真真和沈碧波專心研究魔藥噴霧，知宵終於等到了一個好機會。他悄悄的走到書桌邊，把速寫本打開，迅速翻頁。老實說，沈碧波的畫很好看，有機器人、有超人、有英雄，還有各式各樣的汽車以及一些花草。知宵還看到一個女人的畫像，他想起來那天沈碧波和滿財洪先生爭執時，這本速寫本掉在地上，露出來的好像就是這一幅畫。

女人畫像的下一頁是一張全家福，爸爸、媽媽和兩個小孩子手拉手，站在屋子前面開心的大笑。知宵已經不記得自己在美術課上畫過多少類似的畫，這是沈碧波的美術作業？他本來還想再翻幾頁，但沈碧波向知宵看過來，似乎很警惕。知宵趕緊把速寫本合上，勉強笑了笑。還好，沈碧波並沒有發現。

「你看出什麼來了嗎？」知宵在心裡問，可是斑沒有回答。

知宵覺得沒趣，尷尬的提議回家。沒想到柳真真正聊得高興，說：「我們還沒聊夠呢！這樣吧，沈碧波，我們回妖怪客棧，我帶你去螞吻的仲介公司看看，怎麼樣！」

沈碧波好像對螞吻的花園很感興趣，一口答應下來。

知宵只覺得不妙：為什麼這兩個人這麼快就成了朋友！

就這樣，豌豆黃留在家裡，知宵、柳真真和沈碧波一起回妖怪客棧。快到客棧大門口時，柳真真小聲對知宵說：「喂，咕嚕嚕和嘩啦啦那兩隻山妖好像躲在後門旁邊。」

知宵斜著眼睛看了看，沒發現目標，不過，柳真真說的話應該沒錯。

「哈哈，怎麼對付他們倆比較好呢？」柳真真的目光亮了，她轉向沈碧波，問，「你有沒有帶你的整人噴霧？」

「我可不是拿它們整人的，它們是我的武器。」沈碧波從書包裡掏出一瓶紫色的噴霧，悄悄遞給柳真真。

三個小夥伴繼續前進，快來到後門時，柳真真輕手輕腳的靠近牆壁拐角的地方，突然跳出來，舉著噴霧「嘶——」一陣狂噴，噴完又趕緊跳回來。

過了幾秒鐘，知宵就聽到了咕嚕嚕和嘩啦啦的叫聲，他跑過去一看，發現兩隻山妖正拚命抓癢。柳真真像給花兒澆水似的，再一次用噴霧把咕嚕嚕和嘩啦啦澆了個透，他們也就癢得更厲害了。

大仇已報，知宵和柳真真擊了擊掌，笑得直不起腰來。沈碧波也跟著笑了起來，知宵覺得新奇極了。兩隻山妖瞪著眼睛，哭著、喊著逃跑了。

「你能不能把這種癢癢藥分一些給我和知宵？」柳真真對沈碧波說。

「好啊。」沈碧波竟然爽快的答應了。

說話間，三個小夥伴一起來到螞吻仲介公司的辦公室，柳真真推開靠窗的大門，蝸吻家的花園就在眼前。

「蝸吻這陣子不在家，我們去參觀花園，不會有事的。」柳真真說。

知宵這才發現自己還沒有好好觀賞過蝸吻的花園，今天下午又有陽光，花兒看起來賞心悅目。

沈碧波採下幾朵花，小心翼翼的把它們放進袋子裡，說要帶回家裡研究一下。不出意外的話，他又會拿這種花當原料，配製出什麼可怕的噴霧。

接著，沈碧波的注意力轉移到石頭後面的那幾棵竹子上，突然轉過頭來，興致勃勃的對知宵和柳真真說：「你們想不想看竹子跳舞？」

「想看，想看！它們要怎麼跳？」柳真真也同樣非常有興趣。

沈碧波莞爾一笑，從背包裡掏出一瓶綠色的噴霧，「噗噗噗」朝著竹子噴灑，然後讓知宵和柳真真後退幾步。那些細小的竹子開始發抖，過了一會兒，又像遇到了颱風一樣東搖西晃。過了好幾分鐘，它們才安靜下來。沈碧波得意的晃了晃噴霧，說道：「這是噴嚏劑，是不是很厲害？是不是很有趣？」

知宵覺得挺好玩的，原來沈碧波也挺有意思的呀。

沈碧波滿意的笑了，有些得意，總算不再冷冰冰的了。

這時，斑的聲音又毫無預兆的在知宵的腦海裡迴蕩：「非常好！你和波波的關係越來越融洽了。現在，你問問他最近在煩惱什麼，說不定他會告訴你。」

這可不行，關係還沒好到這種程度！知宵趕緊拒絕了，斑又說：「那你可以先向他道個歉。」

「我又沒做什麼對不起他的事。」

「當然，你已經忘了。小學一年級的時候，波波知道你家經營著妖怪客棧，想和你玩在一起，還主動想要和你交朋友，結果你根本不怎麼理他。所以他才一直很生氣，老是甩給你幾個白眼。」

知宵完全沒有任何記憶，覺得這一定是斑編造出來的謊話。就算是真的，現在跑去為這種事情道歉，多奇怪啊。

知宵什麼也沒說，和柳真真、沈碧波回到了妖怪客棧。樓下傳來了吵吵嚷嚷的聲音，他來到大廳，看到客棧經理柯立正和一位臉上有刀疤的男人談話，柯立的三個姪子——包子、饅頭和餃子，就在三個大人旁邊，他們三個都縮著脖子，一副犯了錯的表情。

柯立對刀疤臉說：「我確實是他們三個的監護人，對於他們所做的事情，我感到非常抱歉，請問您想要什麼？」

「我不想要什麼。幸好他們沒造成什麼實際損失，這次就不和他們斤斤計較了。可如果有下次，我們可就不會這麼輕易放走他們。」

刀疤臉轉身準備離開，抬頭看到了沈碧波，他皺了皺眉頭，僵硬的笑了笑。

知宵也看了看沈碧波，然後趕緊跑到柯立身邊，問：「柯立，發生什麼事了？」

柯立歎了口氣。原來，包子、饅頭和餃子跑到刀疤臉主人的家裡偷東西了。

「偷了什麼？」知宵問。

「迪迪的賣身契。」包子哭喪著臉說，「他們說，那是合法的勞動合約，但誰都知道不是那麼回事！迪迪不過是在幾年前跟她老闆木汀借了些錢，那個壞姑獲鳥竟然要迪迪在那個家裡辛苦勞動一輩子！知宵，你那天在鼠妖雅集上也看到了，迪迪逆來順受，也不知道反抗，我們作為她的朋友，當然得幫她一把！很可惜，失敗了。」

「迪迪現在應該很不好過吧。」柯立擔憂的說，「說不定她的老闆會把氣出在她身上，可能會把合約延長到下輩子。」

包子、饅頭和餃子都後悔極了，但也不知道該怎麼辦，只好先在心裡向自己的朋友道歉，今後再慢慢補償她。

「對了，知宵，昨天你好像和高飛一起出門了，對吧？高飛現在怎麼樣了？」柯立又問。

「什麼，他不在客棧裡嗎？」

柯立搖搖頭。

知宵不禁擔心起來，覺得高飛可能和迪迪一樣，不得不一生替木汀幹活。包子、饅頭和餃子開始抱怨起木汀。

這時，沈碧波悄悄出去了。

「快，跟上波波！」斑又在知宵腦子裡發布命令。

知宵無奈的歎了一口氣，一邊叫著「沈碧波，等一下」，一邊跟了出去，柳真真見狀也追了上來。

沈碧波回頭看了知宵和柳真真一眼，看到兩人的目光中都包含詢問的意思，想了一下，他說：「剛剛那個刀疤臉男人是一隻姑獲鳥，他是另一隻姑獲鳥木汀的手下。木汀常常請我去他家裡作客，他確實喜歡奴役小妖怪。我母親對這種作法很反感，多次命令他還小妖怪們自由，沒想到他依然我行我素，作為羽佑鄉的少主，我得找他談談。」

知宵沒想到沈碧波這麼有責任感。柳真真更是一臉正義的說：「我們和你一起去。」

三個小夥伴很快就來到木汀家。木汀是一個大胖子，身體胖得像氣球，眼睛也被擠得只剩一條縫隙，笑起來讓人渾身發麻。知宵在羽佑鄉看到不少高貴又有風度的姑獲鳥，完全沒辦法把眼前的木汀和他的同類聯想在一起。

沈碧波開口就說到迪迪的事情，木汀頓時收起滿臉假笑，把柳真真和知宵趕出來，說是要和沈碧波單獨談。

兩個孩子只好在客廳裡等，為他們端來茶和點心的僕人就是小老鼠迪迪。知宵一眼就看到了迪迪眼角的瘀青，小聲問：「木汀打你？」

迪迪害怕的點點頭。

「放心，姑獲鳥的少主沈碧波來了，你很快就能得到自由，從不公平的合約裡解脫。」柳真真安慰道。

迪迪苦笑著搖了搖頭，說：「當初確實是我簽下了那相當於賣身契的合約，我也知道他利用了我，但是當時我沒有朋友，走投無路，我不怪別人，謝謝你們幫我。不過，別說是姑獲鳥的少主，就算十九星大人親自出馬，主人也不一定照辦。」

知宵不由得難過起來，對迪迪說：「如果有什麼事情是我能夠幫上忙的，你一定要告訴我！」

這次迪迪開心的笑了，小聲說道：「謝謝你的好意，知宵。但不是幫我，你可以幫幫高飛。」

「你知道高飛在哪兒嗎？」知宵問。

迪迪沒有回答，知宵抬頭一看，是刀疤臉走過來了。知宵還沒反應過來，迪迪悄悄捏了捏知宵的手，知宵只覺得手裡好像多了什麼東西，情急之下，他趕緊把東西揉成團，牢牢握住。他身邊還有一位高高、瘦瘦的西裝紳士，繫了一條花領帶。看到他的瞬間，知宵嚇得差點叫了出來。

「喲，這不是躲在桌子底下的人類小朋友嗎？咱們又見面了。」花領帶先生說。

知宵告訴自己，沒什麼好害怕的，他故意挺起胸膛，瞪著花領帶先生。突然之間，他覺得世界上所有的邪惡此刻都集中在木汀的家裡了。

第八章

給妖怪看病的醫院

迪迪說的沒錯，她的雇主木汀果然不把沈碧波放在眼裡。木汀只是冷淡的說：「少主，您以後畢竟也是要統領我們大家的，希望您今後凡事多多考慮，不要聽信一面之詞。」

沈碧波紅了紅臉，隨即十分嚴肅的說：「如果迪迪還是被你逼迫幹數不完的活兒，我是不會袖手旁觀的。」沈碧波說這些話時很有魄力，大有領袖風範。

木汀沉下臉，怪模怪樣的點了點頭。

大家離開木汀家時，知宵有些擔憂的說：「木汀會不會報復你？他看起來不懷好意。」

「他不敢，雖然對我不滿，但是他很怕我母親。」沈碧波說，「再怎麼說我也是少主，我也很想像母親那樣有威信。」

三個夥伴在路口分手時，沈碧波叫住了知宵和柳真真，一臉不情願的樣子，說：「元宵節快樂！」

知宵不得不承認，自己渾身的汗毛都豎起來了，但是他盡量像柳真真一樣，平靜的回了一句：「你也是，元宵節快樂！」然而，現在的知宵根本高興不起來，他只想趕快回到家裡，把和妖怪相關的事情拋開，和媽媽一起打開電視看元宵晚會。可是，知宵還有心事。

柳真真和沈碧波都走遠了，知宵這才攤開手掌——是一張揉成團的紙條。剛才迪迪緊張兮兮的塞紙條給他，一定是有很重要的事情，她一定很害怕。雖然迪迪並非妖怪客棧的房客，但這短短幾天，經歷了這麼多事情，知宵已經把他們當成自己的朋友。妖怪朋友有時候比人類還脆弱，自己作為妖怪客棧的小老闆，又怎麼能袖手旁觀呢？

知宵攤開紙團，紙團竟然自己說話了，而且還是高飛的聲音：「小老闆，去盧浮醫院，找到我妹妹高翩翩，求求你了！小老闆，去盧浮醫院，找到我妹妹高翩翩……」紙團反反覆覆的念叨著。

「你是高飛？高飛，你去哪裡了？你現在怎麼樣了？」知宵拿著紙條緊張的問。看來高飛沒有回客棧，應該是遇到什麼危險了。

紙條不再說話，只是突然劇烈的抖動起來，知宵控制不住，然後，紙條自己飛了起來，「砰」的一聲消失不見，又變成一根樹枝掉了下來。

知宵趕緊接住，一看，是飛草的根！

高飛果然沒有把飛草還給木汀，可是，他為什麼要這麼做？紙條一定是高飛託迪迪轉交給知宵的，那他現在到底在哪裡？

知宵一路飛奔回到妖怪客棧，雖然感覺有點對不起媽媽，今天是元宵節，自己還是為了妖怪的事情把她一個人留在家，但是，知宵現在必須為房客、為朋友負責，他必須這麼做！

「柯立！柯立！」知宵一把推開妖怪客棧的大門。他穿過燭光閃爍的長長走廊，看到寬敞、暖和的大廳裡，柯立和三個姪子正在嶄新的圓桌邊布置晚餐，看來，妖怪們也在準備過元宵節呢。

知宵上氣不接下氣的說了事情的緣由，接著問：「盧浮醫院在什麼地方？為什麼我從來沒聽說過？」

柯立看著知宵手裡的飛草根，若有所思的說：「盧浮醫院是只給妖怪看病的醫院，為了不讓人類發現，地址很隱密。唉，其實之前我就聽說高飛的妹妹生病了，我猜，應該是飛草的根能治她的病，這可能就是高飛偷走飛草的原因。可是，高飛為什麼不告訴我們呢？飛草雖然很貴，但我們有這麼多房客，總會有辦法的，為什麼一定要偷竊呢？」柯立很難過，在悲傷情緒的感染下，他不知不覺就現出了原形，兩隻老鼠耳朵耷拉著，鬍子也垂了，一看就知道他心裡不好受。

知宵已經對妖怪房客們動不動就失去法術支撐，現出原形的事情見怪不怪了。他心裡也很難過，高飛不願意向自己求助，還是因為自己什麼忙也幫不上啊！

「柯立，明天我可以拜託你和曲江去找木汀商量嗎？不管怎樣，一定要讓高飛完整無缺的回來。」知宵最後說道。

「沒問題，這是我們應該做的。」柯立看著知宵說，「小老闆，你好像長大了呢。」

「我們現在就去盧浮醫院找高飛的妹妹吧！」知宵著急的說。

「好，我開車帶你去。對了，記得給你媽媽打個電話啊。」

盧浮醫院不在仙境，而是在城外的深山裡，那片土地的力量很適合養病。醫院被強大的結界保護著，普通人類看不到它，也找不到它。

柯立把車停在氤氳著霧氣的樹林子裡，知宵一眼就看到了霧中那些隱隱發光的金色痕跡，像一條發光的絲帶。他和柯立沿著金絲前行，不久就看到了坐落在山間的盧浮醫院。

走進醫院大門，知宵就看到了詢問臺後兩位穿著藍色護理師制服的姊姊，和普通護理師不一樣的是，她們的有著五彩斑斕的鳥頭，身體卻和普通人類一樣。在這家妖怪醫院，無論是患者還是醫生、護理師，看起來都奇形怪狀，很少有以人類外表出現的。這兒只對妖怪們開放，妖怪們比較自在，不用刻意偽裝。

長著鳥頭的護理師挑著眉毛望向知宵，對柯立說：「你是妖怪，但這孩子是人類吧？」

柯立笑著說：「沒錯。我們是從妖怪客棧金月樓來的，這孩子現在是那裡的小老闆。你應該聽說過妖怪客棧吧？」

鳥頭護理師歪了歪頭，沒有什麼反應。

柯立又說：「這位小老闆還是螭吻大人的弟子。」

鳥頭護理師的表情一下子就變得溫和起來：「哦，那好吧，你們進來。」

知宵再一次被螭吻在妖界的地位所震撼。

他小聲問：「為什麼人類不能來這裡呢？」

「這兒都是生病的妖怪，當然得提高警覺。歷史上，人類傷害妖怪的事情數不勝數，當然，我們也傷害過你們。因為沒辦法相互理解，只得想辦法相互提防。不過，我相信你不會做出讓我失望的事。」柯立說。

在護理師的帶領下，兩人來到三樓走廊盡頭的病房，高飛的妹妹高翩翩就在這裡。她還沒睡，正坐在床上看書。聽到腳步聲，她抬起頭來看著知宵和柯立。

她很瘦，臉頰也凹陷下去，可是她的眼睛卻非常明亮，和高飛的眼睛很像。

「你是高飛的妹妹吧？我叫李知宵，是你哥哥的朋友，他讓我來找你。」知宵說。

「你是人類？」高翩翩問。知宵點點頭。

「我知道了，你就是那個救了哥哥一命的人類孩子！」

「我嗎？」知宵好奇的問。

「是的。哥哥說過，幾年前，他被另外一隻妖怪弄傷，是一個人類的孩子救了他，還細心的替他包紮翅膀。後來，哥哥就一臉憧憬的住進了那個孩子家經營的妖怪客棧。」

知宵驚訝得合不攏嘴。好幾年以前，他還在上幼兒園，有一個週末和爸爸、媽媽出去玩，看到一隻小鳥掉在門口的花壇邊，天上還有一隻很大的鳥追著要啄它。知宵的爸爸幫忙趕走了大鳥，他則把小鳥帶回家餵了一段時間。那隻受傷的鳥兒確實是一隻八哥。若不是今天提起，知宵自己都要忘了這件事，更不會想到當年那隻鳥兒就是高飛！

這時，一位戴著翅膀形狀眼鏡的人走進來，他是高翩翩的主治醫生。知宵趕緊把飛草根交給醫生，醫生的眼珠子就快瞪出眼眶來，說道：「高飛那小子真有本事，這種稀奇的東西也能找到！小翩翩有救了！」

「哥哥找到飛草的根了?」高翩翩問,「可是我聽說飛草很貴,他怎麼買得起呢?對了,哥哥為什麼沒來看我?他在哪兒?」

知宵不知道該怎樣回答,只好把求助的目光轉向柯立。

「不要擔心,他最近工作忙,不過,他很快就會來醫院看你了。」柯立說。

「下次我會和他一起來。」知宵也說。

高翩翩沒再說什麼,她剛剛吃了藥,昏昏欲睡,很快就睡著了。知宵和柯立離開了病房時,被高翩翩的主治醫生叫住了。他把柯立和知宵帶到走廊盡頭,小聲說道:「我在想,高飛是不是動了什麼歪腦筋,才拿到飛草的呢?」

「您為什麼會這麼想?」柯立問。

「前兩天,有個打著花領帶的蝴蝶妖來過,明明不認識高翩翩,卻在這附近轉來轉去。我擔心是高飛惹什麼禍了。」醫生的聲音更低了。

那一定是花領帶先生。知宵想,他應該是找不到高飛,沒法向木汀交差,便想到以高翩翩為要挾。

醫院之行讓知宵感慨良多。妖怪們並不是水火不侵,生起病來和人類一樣脆弱、無助。他們有的像金月樓的房客們一樣弱小,有的躺在醫院奄奄一息,有的像高飛那樣,有許多難處無法訴說。

「柯立,明天我也和你們一起去找木汀。」知宵說。

柯立笑著點了點頭。

第二天一大早，知宵和媽媽一起去學校報到完畢，就直奔妖怪客棧。柯立和曲江正在等他，他們倆都穿戴得整整齊齊，像要接見了不起的大人物一樣。知宵看得出來，曲江和柯立跟他一樣，其實也很害怕強大的姑獲鳥。一路上他們什麼都沒說，汽車停在木汀家門前時，他們一起做了幾次深呼吸，才鼓起勇氣進門去。

可是，一見到木汀那圓滾滾的身體，那瞇成縫的眼睛和嘴裡那隻巨大的菸斗，知宵心裡的勇氣就莫名蒸發了。

柯立挺身而出，向木汀詢問高飛的情況。

「哦，那個小傢伙拿走了我的飛草，真是機靈過頭了呀！哼，還好，他後來乖乖的把飛草還了回來，雖然損失了小部分的飛草根，大體還是保住了。你們別這麼看著我，我可沒為難他，只要他免費為我工作十年，就能把欠我的債還清。怎麼樣？我對妖怪客棧的房客可是特別寬容哪！可是，你家的八哥妖房客不識趣，居然逃走了。我也在四處找他呢。」

木汀笑瞇瞇的看著大家，知宵的汗毛都豎起來了。他一定沒說實話！知宵心裡想。可是知宵、柯立和曲江又沒有證據，姑獲鳥勢力強大，而且木汀無法無天，連少主沈碧波的面子也不怎麼給，他們幾個更不敢多說。

就在他們不知該說什麼的時候，「砰」的一聲，木汀家的大門似乎受到巨大

第九章

各顯神通的妖怪房客

妖怪客棧的房客們一直是欠房租的高手，由此可知，他們和勤勞、上進無緣。就像現在，都已經十一點多了，竟然還有好多房客沒起床。他們被知宵、柯立、曲江一個個從屋裡叫出來，有不少還帶著起床氣。正當現場一片混亂時，小狐狸樂滋滋不知從哪裡衝進來，在妖怪堆裡鑽來鑽去，最後跑到雜物間裡躲了起來，還小聲對大家說：「不要告訴我媽媽。」

沒等大家反應過來，樂滋滋的媽媽狐狸太太就進來了，她甚至沒向大家詢問就直接走向雜物間，說道：「樂滋滋，快出來！你身上的妖氣早就暴露行蹤了。」

「我不要，不要去小學報名！我不要上學！學校很可怕！」樂滋滋叫道。

「我都說了，那只是你的惡夢，現實中的學校很安全，大多數同學都是人類，我還擔心你讓他們感覺害怕呢！明白嗎？」

狐狸太太很快就拎著樂滋滋出來了。一問才知道，原來樂滋滋最近一直作惡夢。妖怪房客們也開始你一言、我一語的說了起來。

「我最近也接二連三作惡夢，每天都睡不好。」

「這麼說起來，我也失眠一個多月啦。」

「我也是，我也是，天天在夢裡被怪獸追。」

妖怪房客們自說自話討論起來，最後一致認為，一定是因為金月樓年久失修，妖氣沉澱，產生了夢魘惡妖，需要知宵小老闆批准，花錢請驅妖師來淨化妖怪客棧。

知宵氣得直跳腳：「我來找你們才不是說什麼作夢睡不著的事情呢，另外，這兒住的全是妖怪，當然有很多妖氣啊，淨化金月樓的意思是要把你們都趕走嗎？」

「說到惡夢，據說飛草的根可以作為編織惡夢的材料。古時候飛草到處都是，海裡的鮫人常常使用它編製各種夢境。」謹慎的柯立對知宵說。

「為什麼會扯到飛草？飛草不是已經滅絕了嗎？」蜘蛛精八千萬用八隻手揉著眼睛說。

知宵盡量表現得嚴肅、認真，讓大家安靜。藉著飛草的話題，他把高飛失蹤的前前後後告訴所有妖怪。

「高飛是我們的同伴，我想請大家集合力量，幫助我一起找到他！」知宵說完，一片沉默。

過了一會兒，蜘蛛精八千萬說：「不找，我才不幫忙！高飛那小子傲慢又討厭，他最好永遠也別回來。」

「沒錯，同樣是鳥妖，他卻常常欺負我！」胖胖的小麻雀白若委屈的說，「還對我的身材冷嘲熱諷。」

「小老闆，你別忘了，」兔妖阿吉也說，「高飛偷走飛草是事實，花領帶先生追不到他，差點把妖怪客棧拆了，難道你都忘了嗎？」

妖怪們紛紛點頭同意，妖怪客棧裡瞬間鬧翻了天。大家嘰嘰喳喳說個不停，數落著高飛的種種不是。

一切都沒有改變，大家還是把知宵當成一無所知的小孩子看待。知宵沮喪極了，不由得伸手握著胸前掛著的玉珮。

如果這真是曾祖母的東西，而且帶著曾祖母的氣息，它會不會借給知宵一些力量呢？

德高望重的山羊妖曲江看不下去了，突然一跺腳，發出一聲悠長的山羊吼，總算震住了大家。

「大家別忘了，都是章老闆和知宵的好意，我們才能在這裡受到庇護。為了我們，小老闆現在也在不停的努力，他的話對我們來說就是命令，明白嗎？」

曲江看了看大家，大家都不再說話，於是便把目光轉向知宵，示意他繼續說。

「曲江說的不對，我不想命令大家，你們只是妖怪客棧的房客，又不是我的手下。從小我就跟著爸爸來妖怪客棧，現在爸爸不在了，我才成了這裡的小老闆。春節裡這幾天，蟎吻住進了客棧，我也學到了許多妖怪之間的事情，我想為大家盡一份力，因為你們就像我的家人，高飛也一樣。大家聚在妖怪客棧的原因是什麼？不就是因為單獨一個難以生存嗎？難道我們不應該互相幫助嗎？就算大家有一肚子對高飛的不滿，請先找到高飛，再向他抱怨，這樣可以嗎？拜託大家了！」

知宵朝大家深深鞠了一個躬，抬起頭來，發現大家都沉默不語，只是盯著他看。想說的話都說了出來，知宵覺得很痛快。

終於，蜘蛛精八千萬長長的歎了一口氣，說道：「小老闆的意思，我們大家都明白了。唉，剛剛我們竟然說出那樣的話，真是丟臉。知宵，你放心，我們會盡力找到高飛的。」

房客們沒再提出反對意見，態度來了個一百八十度的大轉變。知宵吃了一驚，沒想到自己的幾句話竟然能產生這麼大的影響。

樓的房客，能不能幫幫忙？」

「哈，這可不是房客的義務喲。我搬進來，震住了那些打算把客棧拆掉的小無賴，已經是很大的犧牲了。對房客負責的人是你，知宵，是你。」螭吻說。

「拉倒吧，您每天都無所事事，活動一下筋骨會怎樣？」茶來也幫腔說。

「每天啥事也不幹，日子多清閒！如果沒什麼大事，我絕對不想改變自己的作息！」螭吻理直氣壯的說。

忽然，知宵的腦子裡響起了斑的聲音：「受不了！受不了！這個浪蕩子把龍族的臉都丟盡了！讓我給他一點教訓！」

就在這時，螭吻忽然發出一聲龍嘯，瞪著知宵說道：「好險！知宵，你剛剛竟然試圖使喚我！我差點就從你四分之一的師父變成了你的全職手下！」

知宵大吃一驚，這個斑果然很不簡單。

「話說回來，知宵，其實你可以收服個小妖怪當你的助手啊。這種小事就能讓助手去解決了。」螭吻驚魂未定的說。

有道理，很多妖怪擁有特殊的能力，行動起來比人類方便得多。知宵掃了一眼身邊的朋友們。

茶來揮了揮貓爪表示拒絕，八千萬默默的把自己藏在窗簾後面，柯立轉過頭去，漫不經心的看著窗外的天空。

沒關係，這件事可以從長計議。

吃過午飯，知宵給柳真真打了電話，想和她一起去探望沈碧波。柳真真家離沈碧波家更近，所以比知宵更先到達。他們倆來到沈碧波的房間，只見沈碧波還在睡覺。兩人叫了好長時間，沈碧波毫無反應。

就在這時，那塊已經爬到知宵肩膀上的黑斑似乎有些灼熱。知宵已經有了經驗，這代表斑正在借用他的身體進行觀察。

知宵在腦子裡問道：「沈碧波為什麼醒不過來呢？」

「他的身體裡好像缺了什麼東西，可是不親眼看看，我也不確定。如果他今晚還沒醒過來，我就讓十九星把他帶回羽佑鄉。」斑回答道。

十九星不在，金銀先生憂心忡忡，知宵和柳真真幫不上什麼忙，也不好一直打擾，很快就離開了沈家。豌豆黃一定要送他們倆，一直送到了社區外面。

柳真真知道豌豆黃放心不下沈碧波，安慰他道：「這一定是那個木汀使的詭計。你不要擔心，十九星阿姨一定有辦法。」

豌豆黃點點頭，還是不準備離開。知宵發現，豌豆黃的表情有些奇怪，就問道：「你是不是有話要說？」

「我覺得波波昏迷不醒，可能另有原因。」豌豆黃終於鼓起了勇氣，「他不想讓我把這件事情告訴任何人，特別是十九星和金銀先生。但我覺得，如果是你們倆的話，應該沒問題。波波他好像弄丟了自己的影子，希望你們能幫我把他的影子找回來。」

「沒問題。」知宵和柳真真異口同聲的說。

「那好，你們跟我去一趟月湖公園。」

第十章

月湖裡的祕密

月湖公園並不是什麼有名的景點，面積很小，非常容易被人忽視。不過這個公園特別安靜，一邁進大門，街道上的喧囂全都變得很遠、很遠。常常有人說，心情不好的時候坐在月湖邊上，慢慢的就能平靜下來。

知宵和柳真真跟著豌豆黃來到月湖邊時，天已經黑了，公園裡只有零零星星幾個散步的人。豌豆黃說出了月湖所擁有的真正力量。

「月湖公園是妖怪建的，有神奇的力量。每到農曆十五的月圓之夜，如果你的心願足夠堅定，只要目不轉睛的盯著月湖湖面，湖面就會映出你曾經看到過的景象。只要是你想看到的景象，哪怕是你已經忘記的人與事，都會再次出現。」

豌豆黃說，「昨天是正月十五，半夜的時候波波突然出門了。我很擔心他，就悄悄跟在他的身後，發現他來到了公園裡。那時候他一直蹲在湖邊，眼睛一眨也不眨的盯著湖面。」

「他想從湖裡看到什麼？」柳真真問。豌豆黃搖搖頭，說道：「他不喜歡把自己的心事說出來，我也不擅長看透別人的想法。實際上，我和波波就是上次月圓之夜在湖邊偶遇的。雖然爺爺非常疼愛我，我還是想看看父母的樣子。當時，父親和母親被居心叵測的道士用法術囚禁在某位大官的別墅裡，失去自由的滿財活不了多久，後來我就再也沒見過他們了。」

「真抱歉。」柳真真說，眼神裡的光芒黯淡下來。

「這又不是你的錯，不用道歉。」豌豆黃勉強笑了笑，「爺爺一直告訴我，不能因為父母的死，把仇恨對象擴散到所有人類。妖怪和人一樣有好、有壞。我真心覺得你們都是好人。」

然而，沒聽到豌豆黃的責備，知宵心裡更覺得過意不去。

豌豆黃輕輕歎了一口氣，說：「我猜，波波一定也和我一樣，想看到已經去世的重要親人吧？可是月湖妖力太強，你盯著湖面看時，湖面也盯著你，甚至會把你的影子留下來。如果不趕快把影子撈出來，它就會溶解在水裡。波波昏睡不醒，一定是因為失去了影子，我需要你們倆幫我把它從月湖裡撈出來。」

「我們應該怎麼做？」柳真真問。

豌豆黃從包裡拿出三支蠟燭，一一點燃，再交給知宵和柳真真各一支，讓他們分開站在湖邊。知宵瞅了瞅湖面，可能是光線昏暗的緣故，他什麼影子也沒看到。

「我需要你們的力量，可能會有些難受，請盡量堅持。」

豌豆黃手裡也捧著一支蠟燭，嘴裡默默念著什麼。燭光聽從他的指揮，慢慢擴散開形成一張網，罩在湖面上。知宵感覺那燭光似乎想要把自己吸進去，把靈魂從身體裡拉出來，他的五官可能都被拉扯變形了，胸口也憋得慌。沒過一會兒，那張網朝著豌豆黃的方向收緊，慢慢變成一團柔和的光，越來越小。「噗」的一聲，柳真真和知宵手中的蠟燭同時熄滅了，燭光回到了豌豆黃手中的蠟燭上。豌豆黃長舒了一口氣，突然倒在地上。

知宵嚇了一跳，趕緊和柳真真跑到豌豆黃身邊，看到這隻小滿財滿頭大汗。

「你沒事吧？」柳真真問。

「沒事，只是有點累。我不太擅長使用這些法術，」豌豆黃說，「以前一直和爺爺住在一起，什麼也不用擔心，也不覺得自己需要學會什麼本領。」

蠟燭雖然也摔在地上，但並沒有熄滅。火焰裡混雜了沈碧波遺失的倒影，五顏六色的。豌豆黃把蠟燭放在燈臺上，再拿燈罩罩住。三個小夥伴離開公園，各自回家去。

其實，離開月湖之前，知宵仔細瞅了瞅湖面。湖水果然有魔力，吸引大家一直盯著它。坐在公車上時，知宵思考著，下次月圓之夜，要不要試試看能不能從湖面上看到什麼。

爺爺和爸爸都不在了，但他們的影像還留在知宵的眼睛裡，真想再見他們。如果運氣好，說不定還能看到曾祖母。知宵一直相信，在他懂事之前曾祖母一定來探望過他。

可是，如果像沈碧波一樣沒控制住自己，被月湖吸走了影子，那該怎麼辦？

知宵搖搖頭，暫時甩開這個念頭。這時，他的腦子裡響起了一陣縹緲的歌聲，歌聲越來越近，越來越清亮，知宵認出這是斑的聲音。隨後，歌聲戛然而止，斑說道：「剛剛謝謝你了。」

「不客氣。」知宵在心裡說，「你知道沈碧波想要看到誰嗎？」

「大概知道了。」

「是誰呀？」

「我不想告訴你。」

「算了！」知宵有些不高興。

「就算你從我這兒知道了，又有什麼用呢？這是波波的心事，只有當他主動告訴你時，你才能幫上忙。你和那個高個子女孩都是和波波同年齡的人，也都和普通人類孩子不一樣。我相信他能在你們倆身上找到共鳴。所以我決定了，你的下一個任務就是努力和波波成為無話不談的好朋友。如果你不同意，我就讓你全身上下布滿斑點。」

斑的威脅更像是賭氣，不管怎麼聽、怎麼理解，斑也像個過度擔心孩子的父母。就算斑不提，知宵也準備要關心沈碧波。

月湖之行，他和柳真真觸及到了沈碧波心事的一個角落，早就不可能袖手旁觀了。

第二天上午，沈碧波果然從昏睡中清醒過來，可是他的身體和精神都很虛弱。新學期的第一個星期，他一直沒去學校上課，只是在家裡看書、研究奇怪的植物和魔藥的配方。

每天放學後，知宵和柳真真都會一起去探望沈碧波，和他說說話。一開始，沈碧波還對他們愛理不理，後來態度緩和多了，也會好好聽大家講話。此外，知宵發現一個問題，沈碧波好像在故意疏遠他的媽媽十九星。

據金銀先生說，最近，十九星也是心事重重。因為沈碧波昏迷一事，她和木汀大鬧一場，關係更僵了。木汀還糾集了幾隻姑獲鳥跑到羽佑鄉和十九星面談，希望她取消沈碧波的繼承者資格，不然大家就準備脫離羽佑鄉。知宵覺得，早一天擺脫木汀那樣的姑獲鳥，早一天輕鬆。可是十九星並不願意看到姑獲鳥分裂，所以左右為難。

而且，十九星很擔心木汀真的做出傷害沈碧波的事。這可不是說說而已，高飛到現在還下落不明呢。十九星甚至想讓沈碧波休學，回到羽佑鄉生活，可是沈碧波就是不願意。

於是，十九星就暫時搬到了人類世界的家裡居住。這好像也成了沈碧波的煩惱，一提到這件事，沈碧波就會自動恢復到以前冷冰冰的樣子。

星期天下午，沈碧波忍不住對去探望他的知宵抱怨道：「唉，我母親說她要向人類的媽媽學習，為我做飯、洗衣服，關心我的學校生活。從我上學開始，金銀先生每天都在做這些事情，我都覺得煩了，現在還加上我母親！真是的，我都想像豌豆黃一樣離家出走了！」

「全天下的母親都是這樣的。」知宵說，「我們做什麼事情，她們都不放心。」

「可是，我的情況不一樣。」沈碧波說，「從小，母親就教育我要獨立、堅強，我也很尊敬她，但我和她之間並不是特別親密，太親近了會讓我覺得不太舒服。你應該知道了吧，我是被收養的人類孩子。呃，說不定真的是被……」

看來沈碧波準備說他的心事，可是沈碧波垂下頭不吭聲了。知宵想了想，問道：「聽說十九星為了讓你成為姑獲鳥的首領，想把你變成妖怪，這是真的嗎？」

「沒錯，但這不是一件簡單的事。仙境白水鄉的山裡有一座名叫洗塵泉的溫泉，我得在那兒泡上四十九天，忍受很多、很多痛苦，才能洗去人類的氣息。然後，還要經過更多的痛苦，我才能完全變成姑獲鳥。我很疑惑，是不是真的要永遠當姑獲鳥，生活在羽佑鄉？說來說去，這根本就不是我選擇的未來。」

「那你想選擇什麼呢？」

「我還不知道。我現在還是小孩子，母親說，我可以一邊念書、一邊考慮，等我成年後再決定。不過，像木汀那樣的姑獲鳥都認為，只要我是人類，就難以擔當羽佑鄉的重任，所以母親希望我盡早變成姑獲鳥，好好修行，讓這些看不起我的妖怪瞧瞧。

「你恐怕也聽說了吧？我母親有一個姊姊叫十九月，之前姑獲鳥也更希望十九月擔當首領，但誓約之劍選了我母親，當時也有許多同伴不服氣。母親忍受了不少質疑，她一定不希望我也遇到像她那樣的狀況。可是，就因為木汀他們對我的質疑，就讓我匆忙的捨棄掉人類的血統，我怎麼可能服氣！」

沈碧波的眼睛亮閃閃的，看來，他又重拾了幾分大少爺的桀驁不馴，不過很快他又歎了一口氣，這自信心來得快，消失得也快。

「對了，那天，你到底想在月湖裡看到什麼呢？」知宵裝作漫不經心的樣子，問出了他最關心的問題。

沈碧波瞪了他一眼，生氣的說：「不關你的事！還有，不許把這件事告訴別人！」

好了，姑獲鳥大少爺的臭脾氣又回來了，翻臉比翻書還快！知宵也不再問，只是說道：「反正你以後不要再去那裡了，我可不想再幫你把影子撈回來。」

沈碧波搖了搖頭，不知道是不答應知宵說的話，還是不再去那兒了。接著，他又埋頭看書，好像知宵不存在一樣。知宵自覺沒趣，就回家去了。

吃晚飯時，八千萬打電話來了。

「我已經查遍了整個城市，連一根八哥毛也找不著。」八千萬說，「小老闆，我的妖力都快耗盡了，現在要變出兩條人類的胳膊都難。」

「那你別再找了，好好休息吧。」

鼠妖包子、餃子和饅頭最近幾天一直蹲守在木汀家周圍，發現很多可疑的妖怪進出木汀家，不過，他們並沒有找到關於高飛的線索。

高飛到底去了哪裡，現在還是一團迷霧。可是知宵越來越確定，高飛一定不是逃跑的，他冒了那麼大的風險想要救妹妹高翩翩，怎麼可能一聲不吭的離開，都不去看看她呢？

第二天是星期一，沈碧波終於重新回到了學校生活中。知宵主動找他說話，中午還和沈碧波一起去食堂吃飯，班上的同學們都大吃一驚，不明白為什麼他們倆突然變得親密起來。

這天輪到知宵打掃環境，他最後一個離開教室，卻發現門口站著焦慮的金銀先生。

「知宵，你看見波波了嗎？」金銀先生焦急的問。

「他早就走了呀。」知宵說。

「奇怪？我一直在校門口等他，沒看見他出來啊。」

「這，他可能不想讓你接他回家吧？」知宵說。除了煩惱要不要變成妖怪，沈碧波還有其他心事，和他想在月湖裡看到的東西有關。

金銀先生皺皺眉頭，小聲嘀咕著就跑出了校門，開車離開了。

這時，知宵的腦子裡又響起了斑那有些討厭的聲音：「故意避開金銀，波波會去哪兒呢？李知宵，你必須幫我把他找出來，我不放心！」

「唉，這幾天我發動房客們找高飛，也是一無所獲。沈碧波不見了，我怎麼找得到他？再說，金銀先生和十九星阿姨一定都會到處找他呀。我看你是太焦慮了！」知宵有些生氣，雖然他也想關心沈碧波，但是斑的行為是不是太過分了？

「他們是他們，我是我！反正你得想辦法！」

知宵覺得有些委屈，他不是在心裡想，而是大聲說了出來：「你太過分了，完全把我當成木偶一樣控制！沈碧波的一舉一動都重要，我的想法難道不重要嗎？

沈碧波似乎正在思考著什麼，被知宵嚇了一跳，少不得又翻了一個白眼。

幸好知宵已經習慣了沈少爺的臭脾氣，還是笑呵呵的說：「我就是想問你一個問題，希望你能回答我。你到底在煩惱什麼呀？是不是想在月湖裡看到你的爸爸、媽媽？難道……？」

「你的問題太多了！」沈碧波打斷了知宵，又輕輕歎了一口氣，「你說得對，我確實想回到我真正的人類父母身邊去。」

第十一章

姑獲鳥少主的身世

「小時候，我一直以為自己是母親領養的人類孩子。母親也告訴我，有一天她飛過人類世界的上空，無意中看到了被放在橋頭的我，就把我抱回了羽佑鄉。以前我從來沒懷疑過她的話。即使有妖怪告訴我，我可能是被母親搶來的孩子，我也覺得是那個妖怪不懷好意，想要冤枉母親。母親可是姑獲鳥的首領，她從來不撒謊。」沈碧波說到這兒停了下來，又歎了一口氣。

此時，他和知宵揹著書包慢慢的走在馬路右側，看起來和普通的小學生沒什麼兩樣。

「可是，去年的時候，我突然就被誓約之劍選為羽佑鄉的下一任首領。好奇怪？母親明明還很年輕，為什麼這麼著急要選下任首領呢？我是人類，很多姑獲鳥都對這個決定不滿意，母親就想把我變成姑獲鳥。我很害怕，不知道該怎麼辦。誰都沒有事先和我商量一下，就讓我承擔這麼重的責任！那時候我想，如果我只是一個普通的人類孩子，在人類的世界裡長大，那該有多好！於是，我就開始想念我的親生父母了。他們到底是誰？長什麼樣子？現在過得好不好？」

「我從甜品店老闆娘那兒知道了月湖的事，就想要看看留在我眼睛裡的影像。第一次去沒看到，第二次，就是元宵節那天晚上，我看到他們了。我好像還有一個哥哥和一個姊姊，他們都笑得很開心。雖然我早就不記得他們了，可是覺得他們好親切，就像一直陪在我的身邊一樣。我感覺他們都很喜歡我，那怎麼會把我拋棄了呢？說不定，我真的是被母親搶走的，關於姑獲鳥搶孩子的傳說可能是真的。然後，就在你叫住我之前，我剛和乘風叔叔見過面。他告訴我，我的來歷確實很可疑，好像還有妖怪目擊了母親搶走我的情景，風言風語也是從那個時候開始流傳的。」

「乘風也沒有證據呀，你可不能輕信！」知宵趕緊說道。他才不認為十九星是個盜走孩子的小偷。

「你知道嗎？母親以前有過一個孩子，他很小的時候就死了。據說，我和那個孩子長得很像，連我的名字『沈碧波』也是他用過的。這不可能是巧合吧？一定是因為我像他，母親才把我搶走，讓我代替那個死去的孩子！」沈碧波的情緒越來越激動，說話的聲音也越來越大，「這對我來說不公平！我沒辦法繼續以這種身分生活下去了！」

從兩個小孩身邊經過的人，都轉過頭來看著激動的沈碧波，知宵趕緊提醒他保持冷靜。

沈碧波講完了自己的事，沒再繼續說下去。知宵無意中轉過頭，看到他的臉上淌著淚水。

知宵覺得自己應該說點什麼安慰沈碧波，可是他特別不擅長安慰人，只好陪著沈碧波默默的走路。要是斑在的話就好了，他可以告訴知宵，接下來應該怎麼做。

知宵像思考數學題目那樣，獨自想了半天，最後對沈碧波說：「沈碧波，我還是覺得，你應該把這些想法告訴十九星阿姨。」

「乘風也這麼說。我準備今天晚上就告訴她。」沈碧波頓了頓，有些不好意思的說，「謝謝你。」

「不客氣。」知宵笑著回答。

沈碧波正要回家，他的手機卻響了。沈碧波黑著臉接完電話，轉頭向知宵抱怨：「母親現在住在我人類世界的家裡，她想問問你和真真有沒有空來我家吃飯。

真是的，現在她還想要干涉我交朋友的事了！」

「十九星阿姨想當一個好媽媽。」知宵說。此外，十九星一定也察覺到沈碧波最近情緒不太穩定，千方百計想讓他高興一點。

「到底是誰規定，時時刻刻插手自己孩子的事情，是好媽媽必須做的呢？她像以前那樣嚴格要求我就好了。」

「如果你不願意的話，我跟真真就不去了。」知宵說。

沈碧波搖搖頭，說：「我並沒有不歡迎你們的意思。」他頓了頓，「你和真真還有豌豆黃幫了我一個大忙，今天晚上我要跟母親好好聊聊，你們在場可能更好一點。」

知宵和沈碧波聯繫上柳真真，柳真真還沒吃飯，便興高采烈的答應了。三個人一起坐著金銀先生的車去了沈碧波家。

柳真真一路上都在抱怨新學期的各種煩惱，根本容不得知宵和沈碧波插嘴，也不管別人想不想聽。知宵真希望饒舌之風還在他的耳朵裡，隨便唱一首歌，蓋掉柳真真的聲音。

沈碧波一個字也沒說，處於恍神狀態的他，應該自動隔絕了柳真真的話。

知宵望著沈碧波，覺得他的臉龐上有一種和人類不太一樣的東西，但他說不出來那是什麼，是因為沈碧波和妖怪生活的時間太久了，沾染上了妖氣嗎？沈碧波想和十九星阿姨聊聊關於自己親生父母的事情，想必非常不輕鬆啊。知宵忍不住有些擔心。

很快，他們就到了。繫著圍裙在廚房裡做菜的十九星，放下了大妖怪的架子，像個普通人類的媽媽那樣，拿出點心招呼兒子的朋友，讓大家好好聊天，一起寫作業。為了讓沈碧波開心點，柳真真很快就逼他拿出噴霧，包括豌豆黃在內，四個人各自拿著一瓶噴嚏噴霧嬉笑打鬧著。

柳真真和知宵一邊打噴嚏，一邊笑個不停。可是沈碧波基本上還是冷著臉，看不出是高興還是生氣。滿財的情緒會受到屋子主人情緒的影響，所以豌豆黃也悶悶不樂的。

晚餐準備好了，十九星做的菜有一種特別的味道，和在羽佑鄉吃到的晚餐一樣讓人胃口大開。知宵和柳真真一致認為，那是因為她把姑獲鳥的妖力加入了菜餚中。

不一會兒，滿滿一桌菜都被吃光了。知宵和柳真真直誇十九星做的菜好吃，連豌豆黃的臉色也紅潤了起來。十九星露出了欣喜的笑容。

這時，沈碧波卻突然開口：「難得大家都在，我想說一件事情，有大家作證，也能表明我不是在開玩笑。」

熱絡起來的氣氛一下子回歸冰點。

沈碧波用悲傷的目光轉向十九星，猶豫了一下，說：「母親，您一直告訴我，我是個棄嬰，當時您飛過一座橋頭發現了我，就把我帶回羽佑鄉養大。我不小了，這個故事不是真的吧？有傳言說，您是從我的人類父母那兒把我搶走的，這是真的嗎？」

知宵吃了一驚，沒想到沈碧波說的好好談一談，會是以這樣的方式！知宵發現，右手握著的水杯中，水竟然瞬時凍成了冰。不過，大家都沒在意這個小細節，全都瞪大眼睛望著十九星。

「波波，你怎麼會有這樣的想法？究竟是誰告訴你的？」金銀先生有些慌張的說。

「是乘風叔叔。他知道我最近正在打聽親生父母的下落，就把一切說了出來。」

「現在很晚了，知宵、真真，我送你們回家去。」金銀先生試著轉移話題。

十九星讓金銀先生坐下，笑了笑，對沈碧波說：「波波，你聽我說。以前，我也有過一個孩子，他長得和你很像，有細長的眼睛。我還沒學會怎樣當一個合格的母親，他就先走了。那天，無意中看到你……」

不料，這個故事卻讓沈碧波頓時流下了眼淚。

「所以，您覺得我可以代替您死去的孩子嗎？」沈碧波大叫道，「那我算什麼呢？小時候被別的姑獲鳥欺負，那時我總是想著，要是我也是妖怪該有多好！現在在學校裡念書，人類同學也不喜歡我！為什麼我不是普通的人類呢？我無法和自己的人類父母一起生活，不算是人也不算是妖怪，甚至都沒有自己的名字！你怎麼能擅自就決定我的命運！我恨你，你根本不是我的母親，我不想要你這樣的媽媽了！」

發洩一通的沈碧波流著眼淚，他沒擦眼淚，只是咬了咬嘴唇。然後，他努力用比較平靜的聲音說：「我不想變成一隻真正的姑獲鳥，也不想繼續留在羽佑鄉。我不想再當姑獲鳥的少主了，現在，我就把姑獲鳥的羽衣還給您。」

沈碧波起身回自己的房間。飯廳裡鴉雀無聲。

知宵悄悄看了看十九星，她的眼睛紅紅的，臉色慘白。無論是知宵還是柳真真，都沒人敢打破這可怕的寧靜。

幸好，電話鈴聲響了，金銀先生起身接過電話，很快就把電話交給十九星。沒過一會兒，十九星掛了電話，她轉頭輕聲對金銀先生說：「有點急事要處理，我得馬上回羽佑鄉去，告訴波波，讓他把姑獲鳥的羽衣收著，明天我們再好好談談。如果他真的想回人類父母的家裡，我也沒意見。」

金銀先生欲言又止，最後只是點點頭。十九星倏忽間化為五彩斑斕的大鳥，從窗戶飛了出去。

沒過多久，沈碧波氣呼呼的從房間裡衝出來，對金銀先生說：「我的姑獲鳥羽衣不見了，您有沒有看到它？」

「怎麼會？我去幫你找找。」

金銀先生正準備去沈碧波的房間時，他的目光瞥見了窗外，叫道：「大家快讓開！」說完，他拉開沈碧波，知宵和柳真真也趕緊蹲了下來。下一秒，「嘩」的一聲，玻璃碎片四濺。

知宵趕緊捣著眼睛，等他放下手之後，就看到三隻姑獲鳥在自己面前緩緩收起羽毛化成人形，為首的那位是乘風，身邊是木汀的手下刀疤臉，還有一個看起來流裡流氣的，是個陌生的小個子。

看到突然闖入的姑獲鳥，豌豆黃似乎受了極大的驚嚇，他大叫一聲，躲在沈碧波身後。

金銀先生上前幾步，擋在了大家面前，警惕的問道：「乘風，你想幹什麼？」

乘風伸手整理了一下頭髮，笑瞇瞇的看著沈碧波，說道：「你不是要離開羽佑鄉，離開十九星嗎？恰好我也正有這樣的打算，所以波波，不如和我一起？」

「不要！」沈碧波果斷拒絕，他似乎有些不敢相信，伸手指著刀疤臉說，「他是木汀的手下，難道你、你也想和木汀一樣，要跟母親作對？」

「你都不想要這個母親了，還怕我和她作對？是時候離開她了，波波。」乘風不懷好意的笑著說。

「乘風，你為什麼要和木汀那樣的姑獲鳥敗類同流合汙，背叛羽佑鄉？」金銀先生已經面無血色。

「哼，我從來不曾效忠過羽佑鄉，哪來的背叛？」乘風又笑了起來，「就像你對十九星忠心一樣，我心中的首領一直都只有十九月大人啊！這些年待在十九星身邊，不過是想充當十九月大人的眼線而已。羽佑鄉算什麼，誓約之劍又算什麼，十九月大人的話才意味著一切。告訴你吧，金銀，十九月大人回來了，一切都準備好了！波波，無論你願不願意，都得跟我們走。」乘風的身上充滿大妖怪危險的氣息。

知宵感覺到了金銀先生的震驚，不過他畢竟是見過世面的妖怪，很快就恢復了平靜：「看來我們非得打一場了。在大打出手之前，你不要連累無辜，先讓知宵、柳真真和豌豆黃離開這兒。」

知宵鬆了一口氣，他感覺到了乘風身上散發出來的殺氣。

不過，柳真真的正義感讓她不願意屈服，她說：「不行！他們要帶走沈碧波，我和知宵是沈碧波的朋友，怎麼可能袖手旁觀？而且，我們倆也不是需要保護的笨蛋，不要小看我們！」

柳真真至少還會一些惡作劇一樣的小法術，能召喚傀儡，知宵卻什麼也不會。

道這就是他作為雪妖後代繼承的妖力嗎？知宵有些欣喜，又有些不知所措。他不自覺的又去抓胸前的玉珮，只感覺玉珮好像暖暖的，頓時讓他力量大增。

幾乎同時，柳真真的那兩個傀儡因為柳真真自身力量耗盡，化成兩張符紙飄落在地。刀疤臉趁機想要抓住柳真真，知宵的腳下像裝了彈簧，他跳到刀疤臉身後，舉起冰劍刺中了刀疤臉的翅膀。刀疤臉慘叫一聲，使勁一揮翅膀將冰劍斬斷，一陣狂風朝知宵湧來，把知宵和柳真真搧飛到電視機旁邊。這時，那個小個子姑獲鳥也抓住了沈碧波。

知宵試著再次鑄造一把冰劍，可是無論他怎麼活動右手，都無濟於事。他在腦海裡大叫著斑的名字，可是斑說道：「不行，情況比我想的要糟，繼續使用雪妖的法術對現在的你來說太危險了。這是你們幾個應付不了的情況，不要再亂動。」

知宵、柳真真和豌豆黃沒了繼續抗爭的力氣，只能眼睜睜的看著姑獲鳥用爪子抓緊沈碧波從窗戶飛走。

這時，沈碧波忽然掙扎著回頭，喊道：「豌豆黃，你為什麼要那麼做？」

豌豆黃試著抬起腦袋來，可是他似乎傷得很重，或許因為太難受，又倒了下去。知宵只聽到他迷迷糊糊說了一句什麼，三隻姑獲鳥已經帶著沈碧波飛走了。

真是一敗塗地！

知宵扶起柳真真和豌豆黃，讓他們坐在沙發上休息。這時，一團黑影掠過窗戶，落向地面。柳真真一瘸一拐的來到窗前觀察情況，對知宵說：「金銀先生跌到樓下，暈過去了！糟糕，他好像沒辦法變回人形了！」

知宵一驚，如果金銀先生就這樣以一隻五彩大鳥的樣子倒在社區裡，恐怕會被人捉走，甚至被貪心的人撿回去熬湯！知宵和柳真真趕緊下樓把他扶上來。金銀先生比想像中要重，他倆扶著金銀先生的胳膊往前走，累得氣喘吁吁，還得想辦法擋在他身邊，不讓路過的人看到他身上的羽毛。

「哈哈，本來只想埋伏在這兒，沒想到你們自己跑出來啦！真是天助我們，那我和嘩啦啦就不客氣了。」角落裡又竄出兩個向他靠近的奇怪身影，一個又矮又胖，一個又高又瘦，長得十分滑稽，又是咕嚕嚕和嘩啦啦。

咕嚕嚕說著，從懷裡掏出一個大麻袋，步步逼近知宵和柳真真。知宵頭一暈，這兩個笨妖怪果然是黏上了自己啊！他和柳真真經過姑獲鳥一戰都有些虛弱，沒來得及掙扎就被扔進了麻袋裡。

知宵眼前一黑，彷彿沉進了海底，被一種說不清、道不明的東西包圍著。後來，光亮慢慢出現，他看到了許多藍色的海豚。他並沒有完全失去意識，但也分不太清楚到底是夢還是現實。

這樣過了許久，知宵的脖子被什麼東西抵得不舒服，他睜開眼睛，發現眼前有幾根又圓又粗的鐵條，看來他是被鎖起來了。知宵打了個冷顫，「砰」的一聲，頭被撞了。四周和腳底都是鐵條，原來他被關進了籠子裡，而籠子則被掛在半空中。

更糟糕的是，知宵看到了自己胸口那黃色的羽毛、自己那黃色的爪子，手也變成了翅膀！

「這到底是怎麼回事！」知宵叫道，可是，他發出來的聲音卻是嘰嘰喳喳、像麻雀一樣的叫聲。

第十二章

知宵變成鳥兒

旁邊的鳥籠子裡，一隻藍色鳥兒也一直在不停的跳上跳下，和知宵一樣慌亂，知宵問：「你是真真嗎？」結果他只是發出了一串嘰哩咕嚕的鳥叫。那隻藍色鳥兒咕咕咕叫著回應了知宵，可是知宵也沒辦法理解它的意思。他花了不少工夫才讓自己的叫聲聽起來像「真真」，藍色鳥兒使勁拍了拍翅膀，又發出了一連串咕咕咕的叫聲。

知宵覺得藍色鳥兒的一舉一動都帶著柳真真的影子，那精力旺盛又脾氣火爆的樣子，不是她還是誰？可是他們現在在哪兒呢？知宵透過鐵條打量著周圍，離自己非常遙遠的天花板，從玻璃窗戶透進來的光，飄浮在空氣裡的灰塵，偶而從老爺爺扶了扶自己的眼鏡，轉身離開，咕嚕嚕取下裝著柳真真的鳥籠準備出門。知宵在籠子裡拚命跳啊、叫啊，柳真真又開始咬鐵籠子。關上房門前，咕嚕嚕看了柳真真一眼，目光又轉向知宵，說道：「小老闆，當鳥兒可比當人類輕鬆多了，想想看，再也沒有考試和可怕的老師，沒有爸媽的責罵和管束，不用擔心升學和未來的出路，只要安安靜靜待在籠子裡，就有吃、有喝。你們放心，我會盡力為你們尋找好主人，讓你們過上安逸的日子。哈哈哈！」

「我才不要，放我出去！」知宵嘰哩咕嚕的叫道，「你們慘了，我和柳真真是螞吻的弟子，他絕對會找到我們的！」

咕嚕嚕似乎能聽懂知宵的話，他一臉自信的搖搖頭，說道：「不會的。我們已經抓到了那隻小八哥，我和嘩啦啦就要發財了！接下來，我們就要遠走高飛囉！」

咕嚕嚕提著裝柳真真的鳥籠子離開，那道沉重的門再次合上。知宵和高飛又在籠子裡蹦跳了一會兒。

知宵想到咕嚕嚕剛剛說的話，一開始不太明白，可是再看看高飛，他就恍然大悟了。咕嚕嚕和嘩啦啦一定是受了什麼壞妖怪的委託，要把高飛變成普通鳥兒賣掉！會不會是木汀呢？很有可能，這兩隻山妖一直很笨，只會往知宵臉上抹奶油而已，怎麼可能突然掌握把人類變成鳥兒的法術？要是得到姑獲鳥的幫助，倒是說得通。現在，咕嚕嚕和嘩啦啦順便綁架了自己和柳真真，一定又是出於幼稚的報復了。

知宵越想越急，卻沒有辦法，他又擔心起柳真真來。柳真真會被帶去什麼地方呢？老爺爺會不會給她吃蟲子？想到這兒，知宵覺得有些噁心，同時也明白，過不了多久，自己可能也要面對同樣的命運。再也不能變回人類了嗎？媽媽該怎麼辦呢？以後是不是永遠不能和家人、親人、朋友見面，一輩子當鳥兒？知宵才不願意，他在心裡對自己說：「蝸吻不可能放著我們不管，他絕對會找到我們的！」

對了，除蝸吻之外，不是還有更好的選擇嗎？本來還非常沮喪的知宵，頓時有了精神，開始在心裡呼喚著斑。可是，他與斑的聯繫似乎是單方面的，過了一個小時，斑也沒有回應。

不知不覺，天色暗了下來，知宵迷迷糊糊都快要睡著了，才終於聽到了斑的聲音：「李知宵，你被關進鐵牢裡了嗎？」

知宵頓時有了精神，回答道：「是鳥籠！我被山妖變成鳥了！你能救救我嗎？」

「波波和你在一起嗎？」

「不在，只有我和真真，還有一隻八哥妖，他是我們客棧的房客。」

「那要什麼時候才見效啊？」知宵叫道。

「我也不清楚，但絕對不會超過一年的，我保證！」同樣是鳥兒的白若理解知宵的叫聲，這樣安慰道，但是讓知宵更加不耐煩了。

過了一會兒，知宵的媽媽來了，想必是柯立通知的。知宵的媽媽沒來得及梳頭髮和化妝，頂著兩個大黑眼圈急匆匆跑進來，開口質問柯立道：「我兒子在哪兒？他人呢？不是說找到了嗎？」柯立身子一縮，指了指正在到處亂竄的知宵。

知宵媽媽只看到一隻小鳥在大廳裡橫衝直撞。

「天哪！」媽媽叫了起來，不過還是伸出了手。知宵難受極了，飛落到媽媽的手心，然後就被媽媽緊緊握住，貼在她的臉上。

「知宵，你終於回來了，我還以為你對我有所不滿，離家出走了呢！我正準備好好反省自己！」

知宵不知道媽媽為什麼會說起「離家出走」，但他的整個身體都快被捏扁了。在柯立和曲江的再三勸阻下，媽媽鬆開手，知宵又開始在空中飛來飛去，畫在牆壁上的那些鳥兒也跟著他移動，像鳥兒們的舞蹈表演一樣。曲江和柯立開始商量起怎樣尋找柳真真，知宵飛落在柯立頭頂，想聽聽大家的安排。真是說曹操，曹操就到，一隻藍色的鳥兒飛到知宵身邊，是柳真真！

白若動之以情，說之以理，勸說到處飛的柳真真喝藥。過了好一會兒，知宵和柳真真終於恢復了人形。妖怪房客們發出一陣歡呼，大家都高興的聚攏過來，關切的詢問三個人的身體狀況。

「真真，你是怎麼逃出來的？」知宵一臉不可思議的問。

「笨山妖的籠子也沒那麼結實嘛，半路上我就找到訣竅把門打開了，我可不想一輩子被養在籠子裡啊！你們實在是太笨了！」柳真真一臉得意，趾高氣揚的說。

這時，茶來也從樓上下來了。這隻懶貓剛從睡夢中醒來，趴到知宵和柳真真腳邊磨蹭。房客們也都聚集在妖怪客棧的大廳裡，聽知宵和柳真真講起他們的經歷。茶來肆無忌憚的嘲笑他們倆，竟然會笨到被山妖賣掉，希望柳真真和知宵千萬不要對外說他們是蟎吻仲介公司的員工，還是蟎吻的弟子。不過後來茶來又補充道，明天或許應該出一趟遠門，把兩隻山妖捉拿歸案，好多房客也嚷嚷著要參加。

「我們還以為，你們倆受到沈碧波那孩子的連累，被姑獲鳥帶走了。」茶來說，「蟎吻聽說昨天你們在沈碧波家遭遇的事了，他很擔心，雖然他和十九星向來不和，但還是去找十九星商量對策，希望能夠聯手把你們倆救出來。你們不知道蟎吻有多不情願，現在好了，他不用和十九星合作啦，我第一時間告訴他這個消息，他高興得立刻就決定出國去度假，不知道現在有沒有到達紐西蘭。」

「可是高飛，不管怎麼樣，你還是偷了木汀的東西，必須賠償。作為客棧經理，我會盯著你每個月存放一筆錢在我這兒，慢慢湊足賠償金。還有，最近你別太張揚，小心再次被抓起來，又被賣去什麼奇怪的地方。」柯立說。

高飛順從的點點頭。

這時知宵說：「高飛，我有一件事情想要問你。我以前真的救過你，對吧？」

「是。」高飛一副心不甘、情不願的樣子，趕緊別過頭去，似乎不願意承認曾經被知宵救過。

夜深了，大家都準備各自美美的睡一覺。柯立送柳真真回家，知宵則和媽媽一起回家。

一路上媽媽都很沉默，知宵心裡一緊，想著媽媽可能會禁止他繼續和妖怪打交道，也會再次提議賣掉金月樓。可是，回到家後媽媽什麼都沒說，只讓知宵好好休息。知宵知道自己又傷了媽媽的心，也許這時候媽媽不說話，已經是一種諒解和安慰了。早上，知宵聽到媽媽叫了他好多次，讓他趕緊起床。

「你的朋友來看你啦。」媽媽說。

竟然是柳真真和豌豆黃來了！知宵驚訝的看看媽媽，媽媽這是進一步接納了妖怪們嗎？

「謝謝媽媽！」知宵高興的說，媽媽只是微笑。

豌豆黃經歷過那晚的混戰，還滿臉憔悴。知宵的媽媽邀請他倆一起吃點心，還對可愛的豌豆黃特別溫柔。豌豆黃一直心事重重，話也不說。知宵覺得，豌豆黃一定是在擔心沈碧波，沈碧波能有豌豆黃這樣的朋友真是幸運。

柳真真說：「知宵，是這樣的，豌豆黃說，金銀先生那天受了傷，現在還在盧浮醫院裡，我們一起去探望他吧。」

「好啊！」話一說完，知宵轉頭，不確定的看了媽媽一眼。媽媽只是微笑著點點頭，於是，知宵和柳真真、豌豆黃一陣風似的跑了出去。

這下輪到知宵說不出話了。豌豆黃遮住面孔，哭了起來。

「你的爺爺洪先生為什麼要你這麼做呢？」柳真真不解的問，「他還在因為你的出走遷怒沈碧波，所以偷走羽衣洩憤？」

「我爺爺可能對你們說，他很害怕出門，實際上他是個滿財大盜，他想把我訓練成他的接班人……我不想以偷東西為生，才決定離開爺爺，獨自生活。」豌豆黃的頭垂得更低了，「那時我遇見了沈碧波，我真的很喜歡波波和他的房子！可是，爺爺希望我幫他最後一個忙，他接到一份委託，說要偷走波波的羽衣……我知道自己很糟糕，竟然偷走了波波最珍貴的羽衣，波波是真心把我當作朋友的！那天晚上，我本來準備吃完飯就悄悄離開沈家，永遠不再接近波波，可是沒想到……」

豌豆黃頓了頓，小小的肩膀抖動著，哭得更厲害了。知宵也有些生氣，但看到豌豆黃這個樣子也不好再責備他。

金銀先生輕輕撫摸著豌豆黃的頭髮，安慰他道：「即使是聰明絕頂、經驗豐富的大妖怪，也沒辦法保證自己永遠作出正確的選擇。你把一切都講了出來，已經很不容易了。波波一定還活著，你還有機會補救，明白嗎？就算你真想被罵個狗血淋頭，也要等波波平安回來吧。」

知宵想起來，沈碧波被乘風抓走的時候，似乎很悲傷的喊著豌豆黃，恐怕沈碧波已經知道豌豆黃就是偷走自己羽衣的人了。即使是當時，沈碧波也沒有責備豌豆黃啊。

聽了金銀先生的話，豌豆黃使勁的點頭，不過眼淚還是不停的滾落下來。

「唉，既然那件羽衣原本的主人就是十九月，我猜委託你爺爺的客戶應該就是她。不過，惡人自有惡人治。」金銀先生看了看好奇的抬起頭的豌豆黃，繼續說，「告訴你吧，你爺爺好像沒收到半毛委託費，羽衣直接被十九月搶走了，你爺爺還受了傷，現在就住在隔壁病房，我聽他抱怨了一整晚。豌豆黃、知宵、柳真真，你們也去探望他一下吧。」

隔壁病房裡，洪先生果然正在對長著鳥頭的護理師發脾氣。知宵他們過去看他，他還在罵個不停。

洪先生鼻青臉腫的，按理說，妖怪們的痊癒速度比人類快得多，可以想像他確實傷得很重。洪先生完全沒否認是他搶走了羽衣，然後，又用世界上最難聽的字眼詛咒著一個妖怪。

「桑南那個老妖怪，不得好死！」老滿財洪先生不停的抱怨著。

「桑南是誰？又是十九月手下的姑獲鳥？」知宵問。

「不是姑獲鳥，是一隻食夢妖！哼，虧我還一直覺得食夢妖都是講信用的呢！」

把我們全都帶入預先編織好的可怕幻境裡，讓我們都沉沉睡去，被數不清的惡夢糾纏。唉，幾百年來，十九月都杳無音信，我以為姊姊已經放下了。說不定她一直待在我身邊，想尋找機會給我最沉重的打擊。她成功了，因為波波就是我的弱點。真危險啊，每次和她抗衡，我都處於劣勢。不過，現在的我和以前不同了，我不僅是我自己，也代表整個羽佑鄉，必須要保護大家才行。」十九星僵硬的笑了笑。

這時，知宵又想起一件事：「對了，我曾經參加過客棧鼠妖們的集會，有一隻叫迪迪的鼠妖在木汀家幹活兒，她說過，木汀家似乎還有個地下室，波粼粼會不會被關在木汀家裡呢？」

十九星有些落寞，只是搖搖頭。她應該還沉浸在失去沈碧波的打擊中。

知宵忍不住說道：「十九星阿姨，如果有什麼是我和妖怪客棧的房客們能夠幫忙的，請您不要客氣，儘管交給我們。」

「還有我，我可是蝸吻先生的弟子。」柳真真舉起手說。

「我也要幫忙！」豌豆黃小聲但堅決的說。

十九星笑看著三個小夥伴，說道：「擁有像你們這樣的朋友，波波真是幸運。無論以後他選擇在哪兒生活，我都可以放心了。」

知宵猶豫了一會兒，對十九星說：「十九星阿姨，我還有一個請求，我可以見見斑嗎？」

就在十九星回答之前，空中響起了一個陌生的聲音：「讓他來吧。」

在十九星的帶領下，知宵來到息園門口，獨自走進園子裡。

一個穿著黃色衣服的小男孩正踩在水面的荷葉上，荷葉周圍游動著長得肥肥的魚兒。這就是斑。

斑笑瞇瞇的看著知宵，眼睛裡似乎藏著星星。一瞬間，知宵覺得時間化成了一條河，在他耳邊緩緩的從遠古時期流過來，流淌過他的身體再遠去。知宵看著斑，感覺自己被吸進了斑眼中的星空裡，飄進了浩瀚的宇宙中。他知道自己如塵埃般渺小，但也知道因為斑就在旁邊，自己很安全。

斑絕對不簡單。可是，他為什麼說自己沒辦法離開羽佑鄉呢？他的身分是什麼？

知宵幾次開口想說話，但不知道說些什麼。該用怎樣的句子打招呼，以怎樣的表達把滿腦子的疑問說出來呢？

「你不用想著說出來，我能感覺到你的想法。很抱歉，我不會告訴你。」斑幽幽的說。

斑離開水面來到屋簷下，沒有回答知宵，只是隔著池塘對知宵說：「波波還下落不明，你不介意我把斑點留在你身上，讓你繼續充當我的眼睛吧？」

第十五章

知宵收服了山妖

接下來的幾天裡，羽佑鄉風平浪靜，倒是妖怪客棧熱鬧了起來。妖怪客棧全體房客出動，各顯神通，發誓要把沒有良心的山妖咕嚕嚕和嘩啦啦抓回來。兩隻山妖落荒而逃，可是八千萬還是透過蛛網，找到了躲在山裡的兩隻笨山妖——咕嚕嚕和嘩啦啦。

茶來打著螞吻的旗號，帶領一群小妖小怪，嚷嚷著要為知宵報仇，把兩隻山妖五花大綁架回了金月樓。

「我們要生存啊，山裡現在也有人類，已經不再適合山妖居住了，無家可歸的妖怪多可憐，你們一定不明白！」咕嚕嚕哭著辯解道。

「我和你們住在同一座山裡，現在我搬出來住在妖怪客棧，不是很好嗎？我幹過綁架妖怪的事情嗎？」兔妖阿吉氣鼓鼓的質問道。

「對了，到最後我們也沒有拿到綁架八哥妖的報酬呢！」咕嚕嚕不甘心的說。

「至於把你們倆變成鳥兒，那可是白幹的，完全是出於報復心理。」嘩啦啦天真的看著柳真真和知宵說。

「我喜歡誠實的妖怪，所以我也很誠實的告訴你，我也會報復你們的。」柳真真說。

「那我們就誠實到底，你們考慮一下，要不要放我們一馬？我們願意補償你們。」咕嚕嚕說。

「真的嗎？」知宵問。

兩隻山妖使勁點頭。

知宵早就想到了一個對付山妖的好辦法，恰好也是螭吻曾經提過的建議。

「現在剛好有兩隻山妖，真真，不如我們倆分別把他們收為手下，教他們好好當妖怪，順便幫我們跑腿辦事吧。」知宵說。

柳真真搖搖頭，一臉嫌棄的說：「他們那麼笨！還不如我操縱的傀儡呢。而且，說不定什麼時候又會把我賣了。如果你想收他們當手下，不如把兩個一起收了！」

讓咕嚕嚕和嘩啦啦每天幫螃蟹精轟隆隆打掃環境，包括大廳、走廊，還有每一層樓的洗手間。

「不要，不要！」咕嚕嚕說。

「我們堂堂大妖怪，這樣過日子也太委屈啦！」嘩啦啦眼珠子一轉，「還是不勞而獲的工作比較適合我們……」

嘩啦啦的話還沒說完，兩隻山妖就大叫著「好癢！好癢！」一邊在全身上下抓起癢來了。

妖怪房客們見狀都笑了起來。知宵恍然大悟，原來這就是山妖不服從首領的後果啊。

「快去幹活兒啊！」知宵故意舉起了拳頭。

無奈之下，一紅一綠兩隻山妖只好拿起掃帚和拖把，開始清掃。

柳真真「噗哧」一聲笑了出來，說道：「沒想到你也會威脅妖怪，還以為這是我的專長呢。」

「沒錯，某位小朋友第一天到螞吻仲介公司上班時，不見得比山妖強多少呢。」茶來說。

知宵心裡喜孜孜的，有了契約以及房客們的監督，兩隻山妖就沒辦法繼續做壞事了。但是，知宵也明白，咕嚕嚕和嘩啦啦只是害怕他，並不是認可他。要得到他們的肯定，必須一步步慢慢來，就像得到妖怪房客們的認可一樣。

不過，妖怪房客們究竟是認可了知宵本人，還是只認可了知宵的身分？當初大家希望知宵繼承妖怪客棧，一是擔心客棧被賣掉，二是因為知宵有了不起的父親和一個更了不起的妖怪曾祖母。

知宵對此沒有信心，但他還有很多時間可以慢慢成長，總有一天能得到大家的認同吧！

任重而道遠。

又有幾個陌生的妖怪走過來，拉著螭吻去賞桃花、飲酒，完全沒認出他來。螭吻二話不說就跟著去了，把知宵和柳真真拋到了腦後。

羽佑鄉已經擠滿了客人，他們談笑風生，欣賞著園子裡的各色花卉。除了世界各地的姑獲鳥回鄉聚會外，還有很多奇奇怪怪的妖怪、精靈們也受邀赴宴，羽佑鄉熱鬧極了。客人們多多少少了解到，羽佑鄉最近遇到些麻煩，姑獲鳥族群四分五裂，但為了顧全十九星的面子，全都沒有表露出來。

十九星穿著古代的傳統服飾盛裝出席，看起來比往日要精神得多，英氣逼人。不過她很警惕，已經安排同族鳥兒在羽佑鄉四處巡視，等待十九月到來。

十九星想，小時候，姊姊十九月就傲慢過了頭，認為全世界所有的目光都該注視著她，如果她想要打敗十九星，當然要挑選這種全族聚會的重大日子。雖然早有迎戰的準備，十九星還是很擔心客人們的安全。沒來由的，她又想到了沈碧波。

如果波波可以安全回來，十九星準備好好和他談一談他親生父母的事，到時候，說不定她會失去這個孩子。現在十九星已經想通了，波波本來就不屬於他，有了十年的陪伴，自己還有什麼不知足的呢？

知宵也在為沈碧波擔心，為羽佑鄉的安危擔心。他一來就對十九星說：「十九星阿姨，我們妖怪客棧的房客們雖然弱小，但也很擅長打探消息，我已經讓他們也密切注意有什麼異常啦！」

十九星似乎對成熟起來的知宵感到意外，她很欣慰的點了點頭。

「知宵，你確定嗎？」柳真真揶揄道，「從我們到達羽佑鄉，你的房客們就跟著茶來襲擊廚房去了。」

「放心，他們只是裝作普通客人在暗地裡觀察。」知宵說。

其實他一點兒都不放心。

在這個姑獲鳥聚會的特定節目，十九星會以首領的身分用誓約之劍表演舞劍。乍看之下，誓約之劍沒有任何特別之處，知宵甚至覺得它太破舊了。不過，當十九星邁著輕盈的步伐躍到半空，上下翻飛，舞著誓約之劍時，那把劍身似乎就散發出魔力，客人們的目光再也無法離開那把劍和舞劍人。因為只是一場表演，十九星的招式並不凌厲，反而是優美、流暢，賞心悅目。這是祈福的獻舞，希望上天保佑整個羽佑鄉和所有的姑獲鳥，平安度過接下來的一年。

無意中，知宵看到了站在角落的斑，而斑也看到了他。知宵來到斑的身邊，感覺斑笑得比整個春天還要燦爛。

斑對知宵說：「我還記得十九星剛開始學習舞劍時，她膽怯、笨拙又倔強，花了好長時間才讓動作流暢起來。我那時經常指導她，也因為不耐煩而訓斥過她，她也不會和我頂嘴。每次我冷靜下來後，都覺得自己太過分，欺負小朋友。十九

「什麼？你就是十九月？你太惡毒了！虧我們當時相信了你也是被迫的，才放你一馬！你是故意的，對不對？」柳真真一向直來直往，即使看到了十九月，也忍不住指著她喊起來。

桑南低頭，注意到了知宵和柳真真，她哼了一聲，一改從前溫柔的樣子：「我當然是故意的。就算告訴你們我在收集惡夢，就算我料到你們一定會把消息透露給十九星，我還是出其不意的來了，而且一定能贏！這樣不是更好嗎？」

知宵回頭想找蝸吻幫忙，蝸吻又不知去了哪裡。客人們顯然也受到巨大的震動，開始交頭接耳，議論紛紛。

「她沒有姑獲鳥的氣息，聞起來完全是食夢妖啊。」

「難道說，被奪走羽衣後，十九月拋棄了姑獲鳥的身分，把自己變成了食夢妖？」

「她燒毀羽衣和自己住過的地方，也象徵著和姑獲鳥徹底決裂吧？」

知宵也非常震驚。他想不通，十九月如此決絕，只是為了報復妹妹。

「姊姊！你怎麼會做出這種事情？」十九星又說。

「很簡單，我厭倦繼續當姑獲鳥了。」十九月回答道，見十九星還是一臉難以置信的表情，十九月狡黠一笑，又道，「你不是也計畫著讓兒子變成姑獲鳥嗎？你想讓他拋棄以前的身分，和我又有什麼差別？我們果真是姊妹啊！」

十九月掃視了一下庭院裡的妖怪們，觀眾很多，這也是她希望看到的景象。她扭頭對沈碧波說：「孩子，去吧！」

沈碧波拍拍翅膀飛起來，靠近對面的十九星，他的動作僵硬如同機器，沒有感情，沒有自己的意志，似乎完全聽命於十九月。

十九星拿著劍的手無力的垂了下來。現在她又在想什麼呢？

「波波。」

十九星飽含深情的呼喚著兒子，不過，沈碧波並沒有搭理她。

十九星的目光轉向十九月，十九月只是冷笑一聲，說道：「我借你兒子一用，現在把他還給你了。」

「我知道你的目的，你到底想要什麼把戲？」十九星恨恨道。

「如果輕易被你猜出我的想法，我會很困擾的。」十九月笑得更厲害了，好像連空氣都跟著她一起顫抖，「為了給你準備這個驚喜，我可是花了不少工夫啊！」

十九星惱怒不堪，她舉起誓約之劍在空中揮舞了幾下，劍光飛出，圍繞著沈碧波，但是並沒有讓他清醒過來。突然，沈碧波加快腳步撲向十九星，一道寒光閃過，沈碧波猛然掏出藏在翅膀下的短劍，直取十九星的脖子。

十九星側身閃過，她身後的姑獲鳥大軍嘩啦啦圍上來。十九星示意他們不要動，轉而對沈碧波說：「波波，媽媽會原諒你，快住手！」

沈碧波還是一言不發，繼續進攻，十九星依然不停的躲閃，不想傷害自己的孩子。連知宵也看得著急了，害怕十九星受傷。

這時，一隻長著滿臉紅毛像猴子的妖怪說：「形勢不太樂觀，差不多可以走了，看熱鬧被誤傷就不好啦！」

「喂，我們不是應該幫忙嗎？」柳真真嚷嚷道，「吃了羽佑鄉的梨，受了羽佑鄉的款待，你們就想溜啦？」

「拉倒吧，小丫頭，我們妖怪向來不喜歡多管閒事，十九星也特別討厭不相干的妖怪插手羽佑鄉的事務。」

「啊呀呀，雖然我就住在羽佑鄉，但我又不是姑獲鳥，也沒必要蹚渾水。」

圍觀的妖怪陸陸續續離開。

知宵問柳真真：「我們不能走，可是，該怎麼幫忙呢？」

「誰知道，我們又不會飛！先看看情況吧。」

情況很糟糕。十九星不願意主動攻擊沈碧波，被沈碧波的短劍刺中了好幾下，一下正中胸口。十九星皺了皺眉頭，依然沒有舉起右手的誓約之劍，只是拚盡力氣，用左手拍了沈碧波一掌。沈碧波彈飛出去，可是他拍拍翅膀，在空中轉了幾圈又找回了平衡。他面無表情的飛回十九月身旁，把被鮮血染紅的短劍交給十九月。短劍變得很古怪，它吸收了十九星的血，變得有原來的四、五倍長，散發出血紅色的光芒。

「謝謝你的血，妹妹，我的寶劍甦醒了。怎麼樣，被自己的兒子刺傷很難受吧？瞧，這也是我讓他最先出場的原因。」十九月舉起血紅的劍，用力一揮，「什麼誓約之劍，什麼被選中的繼承者，統統見鬼去吧！」

像是聽到開戰的口令，雙方姑獲鳥大軍一擁而上，在空中鬥成一團。他們都化成了鳥兒的形態，看起來全都長得一樣，知宵也分不清楚誰是誰。屋宇的瓦片飛落，知宵和柳真真無助的躲在隱蔽處，除了抬頭觀戰，他們想不出任何能幫忙的辦法。

曲江和柯立帶著妖怪客棧的房客們著急的找到知宵，他拉著知宵道：「小老闆，這裡太不安全，我們也撤吧！」

「不行，我要留下來幫忙！」知宵堅決的說，「雖然我好像也幫不上什麼大忙，但是說不定有需要我的小地方！」

「再待下去就自身難保了，你的法術修為太淺，不要瞎攪和！」曲江嚴厲的說。

擔心自身難保！知宵猛然想到了房客們為自己舉辦歡迎會那天晚上，曲江似乎對知宵說過類似的話。如果一直因為力量太弱、無力自保而蜷縮、後退，就更為小妖怪們都左搖右晃——他們沒有清醒過來，而是開始了夢遊。

夢遊的妖怪們一定也會和沈碧波一樣，在惡夢中只知道破壞羽佑鄉。那個鮫人波粼粼真是織出了一個破壞力驚人的惡夢呀！

這時，一張狐狸臉的男人突然出現，他瀟灑的甩了甩長髮，雖然身處惡夢裡，他的周身依然閃著光，似乎不受惡夢的影響。

知宵忍不住歡呼，是螭吻！

光是看著螭吻，似乎就會讓人的意識清醒一點。螭吻飛到半空中，咆哮了一聲，風從他的身邊湧起，他慢慢化成原形——一隻龍身魚尾的巨獸。螭吻掀起狂風巨浪，將全部沉睡著的與夢遊著的妖怪捲入空中，朝著沒被惡夢覆蓋的地方緩緩飛去。小小的食夢妖們可不想讓食物飛走，也跟著捲進了風裡。

曲江指揮著半透明山羊緊跟在螭吻身後，一路上也救起許多睡死過去的妖怪。知宵不時的抬頭看看天空，姑獲鳥們還在惡戰，十九月立在最高的小樓頂上，手握著那把變得越來越紅的劍，得意的看著這一切。

沈碧波的巨蛇繼續在低空肆虐，籠罩羽佑鄉的黑霧越來越濃。許多姑獲鳥從天空中掉下來，沉入惡夢；還有的姑獲鳥開始夢遊，突然沖上天空，轉而進攻自己的同伴；但也有更多的姑獲鳥撲向沈碧波，他們也想把自家少主叫醒嗎？雖然十九星的手下比較多，但是因為惡夢的影響，他們此時完全處於劣勢，繼續拖延下去，恐怕只能敗北。唉，眼前的一切都在知宵的控制範圍之外，他心裡湧起一股世界廣闊自己又渺小無比的感歎。知宵想起剛才吃過的梨，心裡默默祈禱著，希望羽佑鄉的這場混亂早點結束。

又有兩隻姑獲鳥直直掉下來，落在半透明山羊的面前。他們都受了重傷，都掙扎著想要在對方爬起來之前發動進攻。柯立和八千萬準備幫忙，但到底哪一隻才屬於十九星的陣營呢？

「翅膀受傷的那隻姑獲鳥是叛徒！」知宵突然喊道，他的聲音吸引了身邊小夥伴們的注意力。

柳真真問：「你怎麼知道？」

「眼睛，那隻姑獲鳥的眼睛裡閃過一縷綠色的光，沈碧波的眼睛也是綠色的！」

兩隻姑獲鳥又扭打在一起，八千萬拋出蜘蛛絲，綁住綠眼姑獲鳥的雙腿，柯立扔出一枚沾了麻藥的飛鏢，綠眼姑獲鳥立刻倒下了。另一隻姑獲鳥長舒一口氣，暫時化成人類的樣子，原來是金銀先生。

倒下的姑獲鳥則是乘風。金銀先生掰開乘風的眼睛，看到了瞳孔裡水波形狀的印記，十九月和她的手下不會受到惡夢影響，一定和這印記有關。不過，僅僅知道這一點，並沒有什麼作用。金銀先生朝知宵和客棧的妖怪們點點頭，算是道

第十七章

重獲自由的斑

「這是織夢師波粼粼，為了消除惡夢，請大家快來這邊保護她！」知宵、柳真真和妖怪客棧的房客們一邊往波粼粼的方向飛奔，一邊扯開嗓門大聲喊道。

還清醒的妖怪都圍繞在波粼粼身邊，盡自己最大的努力保護這位鮫人姑娘不受攻擊。

為了更迅速的消除惡夢，波粼粼必須離沈碧波近一點，所以，曲江帶著大家朝羽佑鄉的方向前進了一段距離。

曲江是金月樓最資深的妖怪，但是，控制半透明的山羊透支了他所有的妖力。此時，曲江已經倒在地上喘氣。知宵很擔心他，曲江只是甩甩頭，說道：「我死不了，不准哭哭啼啼！」他一定有些累糊塗了，因為此刻的知宵根本沒有時間掉眼淚。惡夢的新一輪攻擊襲向大家，眾妖怪又紛紛打起呵欠來。

波粼粼已經被透明圓球拖著來到地面，她跪坐在地上，纖細的手指在地上畫著奇怪的圖案，嘴裡似乎還哼唱著什麼曲子。慢慢的，波粼粼腳下出現了水藍色的波紋，和乘風眼裡的波紋印記相似。波紋朝四周擴散，所到之處驅盡了空中的黑霧。大家的睡意也慢慢消失了。

原來，十九月逼迫波粼粼編織的那個惡夢裡，充滿了對羽佑鄉和十九星的恨意。為了讓它更有效的被植入沈碧波的意識，十九月讓乘風向沈碧波加油添醋的透露他親生父母的事情，讓他和十九星之間產生嫌隙。兩天前，波粼粼被迫把惡夢植入沈碧波的意識中，沒了利用價值的她，被十九月扔下，自生自滅。她離開大海已經很長一段時間，身體虛弱不堪。

「我也不知道是哪位大妖怪在姑獲鳥家的地下室找到了我，把我救出來帶到這裡。」波粼粼虛弱的對知宵點點頭。對於那個不知名的大妖怪，知宵心裡似乎有了自己的答案。

波粼粼編織的藍色波紋慢慢靠近沈碧波，也就是惡夢的中心，它們前進的速度慢了下來。波粼粼滿頭大汗，看起來吃力，妖怪客棧的房客們不約而同的把自己的妖力輸送給波粼粼。他們的力量並不強大，和羽佑鄉也不相干，曾經他們也盡頭就是息園的大門。呻吟聲傳來，接著，一隻胖手從瓦礫堆裡伸出來，再接著便出現了木汀的臉。

「慢著！你們這兩個臭小子要去哪兒？」木汀說著，向大家逼近。

知宵和柳真真互相看了看。事態如此緊急，知宵的狀態特別好，很快就製造出了冰劍，先發制人，舉劍刺向木汀。柳真真也掏出一張符紙，念了咒語，從符紙裡飄出一股詭異的香氣，纏繞著木汀。

木汀的臉被知宵劃傷，還被柳真真的迷香弄暈了。不幸的是，因為咕嚕嚕和嘩啦啦一直亂竄，兩隻笨山妖也中了迷魂香的法術，像醉鬼一樣在走廊上打轉，嘴裡還胡言亂語。

「成功了！」

知宵和柳真真高興極了，撇下咕嚕嚕和嘩啦啦，繼續朝息園前進。他們沒注意到木汀又站了起來，正變成鳥兒的樣子，準備發動第二輪進攻。不過，他的變身還沒完成，一道花花綠綠的影子飛過來，落在他的頭上，閃著寒光的牙齒，咬住了他的腦袋。是花貓茶來！還有三隻小老鼠也沿著木汀的腿爬到他身上，惹得木汀一陣亂抓。

三隻小老鼠當然就是柯立的姪子包子、餃子和饅頭。茶來牙齒的咬合力驚人，木汀使盡了招式，也沒能把他從自己腦袋上甩下來，他又忙著驅趕老鼠，更加手忙腳亂。

茶來發出咕嚕聲，三隻小老鼠也吱吱叫個不停。

「好久沒有抓到這麼好玩的小鳥兒啦！」

「好久沒有抓到這麼好啃的鳥腿啦！」

一隻貓和三隻老鼠好像玩得很開心。這時，知宵和柳真真來到了息園門口。突然，一隻姑獲鳥俯衝下來，他倆來不及閃躲，被鳥爪子攫住，拽到空中，知宵和柳真真不顧形象的哇哇大叫。很快，那姑獲鳥鬆開爪子，他們倆筆直的朝著地面落下去。

情急之中，柳真真從姑獲鳥腳踝上揪下一撮絨羽，在半空中下落的她盡量讓自己冷靜，利用羽毛召喚出一隻傀儡鳥兒，接住了自己和知宵。

「得救了，太好了。」

知宵拍了拍胸口，確定自己的心臟還好好的工作著，這才鬆了一口氣。可是他馬上發現柳真真一臉痛苦，便問道：「你沒事吧？」

「我不知道能不能撐到我們落地，我會盡力，不要和我說話。」柳真真盤腿坐在傀儡姑獲鳥背上，雙手合十，汗水很快布滿了她的臉。知宵默默的伸手搭在柳真真的肩膀上，真希望能夠把自己的力量傳給她。

傀儡鳥兒跌跌撞撞的落在息園的湖邊，化成了紙片，又化成灰燼。柳真真臉沖沖的要投靠我，說什麼為了羽佑鄉的未來要助我一臂之力，把人類的繼承者趕走。你們都錯了。我想要的我都要得到，我得不到的就全部摧毀！等我得到了羽佑鄉的力量，這個地方也就毫無用處了。十九星，除了馬上要長眠於此的你，再也沒有妖怪願意住在這兒。其他的姑獲鳥，我也為他們安排好了合適的歸宿，永遠保持鳥兒的樣子，被當成寵物豢養，在人類的鳥籠裡了卻殘生，你覺得怎麼樣？」

沈碧波舉起了誓約之劍，劍光閃過他那張麻木的臉。這時候，斑伸出雙臂，擋在十九星面前，他的動作看起來無力又絕望。十九星說道：「斑，你瞧見十九月的那把劍了吧，你不用逞強。」

「沒錯，快讓開。雖然你總是向著十九星，但也算是我的朋友，看在過往的情分上，我可沒有想要殺你，不要浪費我給你的面子。」十九月又說。

「你想搶走羽佑鄉的力量，我不得不管。我不會傷害波波，但也不會讓開，看來只能一死了。」斑閉上了眼睛，卻是一臉滿足的樣子。

被控制的沈碧波心比石頭還硬，手中的劍絲毫也沒有遲疑。

斑的聲音又在知宵的心中響起：「你為什麼一個人過來？螭吻不是在外面嗎？真是的，快想辦法阻止波波！」

知宵猛一回神，趕緊聚集起手中的冰劍，出其不意的衝向沈碧波。

「知宵！」十九星察覺到了異動，喊道。

除了斑之外，大家都很驚訝。

沈碧波受到知宵的突襲，轉身追趕起知宵。他力量驚人，三兩下就摧毀了知宵的冰劍，在知宵的手和臉上留下了幾道傷口。

沈碧波的劍抵住了知宵胸口，但是並沒有刺進去，他只說了一聲：「你是人類，和羽佑鄉無關。」說罷，轉身就走。

十九月饒有興趣的打量著知宵和沈碧波，似乎在看一場戲。不行，必須吸引沈碧波攻擊自己；知宵想也沒想，大聲衝著沈碧波說道：「你這個膽小鬼，是不是被我嚇住了？連我這樣的人類都對付不了，你還想對付羽佑鄉呢，不自量力！沈碧波，你只不過是看起來了不起而已，其實你懦弱又膽小，我竟然認識你這樣的人，丟臉死了！」

沈碧波停下腳步，說不定他還保留著屬於自己的一部分意識，受到了一點點觸動，這給了知宵信心，他又說道：「承認吧，你當不好人類，也當不好姑獲鳥！姑獲鳥不會喜歡你，不想讓你當他們的首領！十九星阿姨也非常後悔把你帶到羽佑鄉，讓你當她的養子！」

這席話徹底觸怒了沈碧波，他猛的回過身來，發出姑獲鳥的尖叫，舉劍刺向知宵。

力反抗。

斑冷笑一聲，說道：「怎麼回事？變成食夢妖的你，法術也減退到這種程度？以前的你順眼得多，不滿和反抗都來得光明正大。現在，你只會耍耍手段而已。你捨棄姑獲鳥的身分，其實也是明白自己根本不配當姑獲鳥吧！」

十九月恨恨的望著斑，沒有說什麼，爬起來跌跌撞撞的離開地下室。斑沒有追過去，但其他姑獲鳥一定不會輕易放走她。

沈碧波雙腿一軟跌坐在地上，舉起手來看著手掌的鮮血，對身邊的斑說：「斑，是你嗎？我怎麼了？是不是做了很可怕的事？」

「沒錯，夠你自責好長一段時間，也會讓你成長。」斑的目光又轉向知宵，朝他伸出手來，知宵握住了斑的手，感覺充滿生機的暖流從斑的身體裡流過來，知宵渾身的疲勞和疼痛似乎都消失了。不過恐懼從心底湧起，知宵覺得難以招架。

「你在害怕什麼？」斑平靜的問。

害怕很多、很多事物，知宵想。害怕被客棧的房客們捉弄和嘲笑，害怕遇到想奪走金月樓的厲害妖怪，害怕自己弱小又笨拙，害怕自己什麼都做不好，害怕不能成為媽媽心中理想的兒子，甚至害怕期末考試。知宵承認，自己從來都不是一個勇敢的男孩，而他身邊的人啊、妖怪啊，卻總是一個勁勸他不要害怕，勇敢向前。他們不能理解知宵的恐懼。

「沒關係，恐懼只是你的情緒，不是你的缺點。試著接受它、擁抱它、控制它，不要只想著消滅它、擺脫它。」

知宵沒有回答，他疑惑的望著斑，不太明白斑到底想要表達什麼。

「因為，即使當你膽怯時，心中依然抱著信念。」

信念，那到底是什麼呢？

斑笑著搖搖頭，說道：「你只能自己去尋找它、發現它，看清真實的自己，保持你真實的自我。同時，你也會一直保有我對你的祝福。」說完，斑伸出手，放在知宵的額頭，如同一片羽毛拂過，然後又放下手。

十九星費盡力氣支撐起身體，喃喃的對斑道：「都結束了？」

斑點點頭。

「沒有和羽佑鄉的契約，你會死的。」十九星又說。

斑發出輕輕的笑聲，說道：「生死之間並沒有界限，是我硬是把它們分開，然後眷戀著生，害怕著死，像人類那樣。我也得擁抱自己的恐懼才行啊！」

十九星歎了一口氣，短暫的沉默之後，她又問道：「斑，在羽佑鄉的這一千多年，你過得快樂嗎？一直以來我都很擔心你過得不開心，這個我深愛的地方束縛了你，但我不敢問你。」

「有快樂的時光，也有痛苦和無奈，但快樂並不是生命的全部。十九星，我知宵抬頭，看到天空中有一縷白色的影子。那是斑嗎？

「斑真的會死嗎？」知宵問十九星。身上沒有了黑色斑點，心中不再有斑的呼喚，他竟然有些不習慣。就像當初饒舌之風離開一樣。為什麼世間充滿離別呢？

「這都是他想要的，不必為他悲傷或難過。」

十九星笑了笑，一滴眼淚滑落，在陽光下亮閃閃的。

第十八章

羽佑鄉的眞面目

兩天後，一放學，知宵、柳真真和沈碧波就一起來到羽佑鄉。羽佑鄉現在幾乎等於廢墟，息園裡的花花草草和羽佑鄉其他地方的植物都死氣沉沉的，湛藍的天空也變得灰濛濛的，迎面吹來的風都不太友好的撕扯著皮膚，像走進了漫長的寒冬。

十九星受了重傷正在休養，他們此行的目的就是探望她。巧的是波粼粼也在，她正準備離開這兒去海上的家。知宵問起波粼粼到底是怎麼被捉到姑獲鳥木汀那裡的。

「桑南費了不少口舌跟我交朋友，最後把我騙到木汀的家。後來我就被關在事實上，斑才是這兒的首領，是所有姑獲鳥的恩人，也是我最好的朋友。小時候，我自卑又怯懦，連父親也對我無可奈何，失望透頂，但斑一直陪在我身邊，鼓勵著我。我現在都不明白誓約之劍為何選中我當首領，而不是我那頑強又能幹的姊姊，或許，誓約之劍代表著羽佑鄉的力量，這些力量大部分來自斑，選擇我的是誓約之劍，也是斑。」

十九星微笑著，可是她看起來很難過。

「大概半年前，斑就向我提出，希望能解除契約，離開這兒，我不能強求他留下，也沒法眼睜睜看著羽佑鄉變得荒涼，看著斑死去。再三思考後，我還是答應了他，約好春分的姑獲鳥聚會之後就讓他離開。可笑啊，我花了半年時間作準備，還是沒辦法接受斑永遠不會再回來的事實。」

「斑真的會死嗎？他不是春天的神靈嗎？」知宵問。

「所謂的神或是妖，都是你們人類給我們的稱呼而已。有生必有死，世間萬物都是如此。但是，死亡並不意味著消失。」

十九星的身體還沒完全恢復，大家不想打擾她休息。波粼粼離開了羽佑鄉，知宵和柳真真則來到沈碧波住的地方。破天荒頭一次，沈碧波放下自己的高傲態度，向知宵和柳真真以及妖怪客棧的房客們道謝。沈碧波對發生的一切很自責，雖然他把情緒隱藏得很好，知宵和柳真真還是看出了他內心的掙扎。

三個孩子在羽佑鄉一起吃飯，現在的餐桌寒酸得多，菜色也變少了，羽佑鄉的姑獲鳥們正在適應不那麼光鮮的生活，但是他們都沒有想過要拋棄這片土地。沈碧波告訴知宵和柳真真，他已經不再是羽佑鄉的繼承者了。

「誓約之劍斷了，母親說，挑選繼承者的方式也要改變，或許可以學一學人類的方式。」沈碧波說，「我畢竟是人類，我的羽衣也是十九月的，而且已經被燒掉了。這次的事件我得負很大的責任，解除我的繼承者身分也很正常，這樣也能讓大家再次團結起來。老實說，我也鬆了一口氣。當然啦，如果有一天我想成為姑獲鳥的首領，就算沒有羽衣，靠自己努力也一定能成功。」

「那你會離開羽佑鄉，去找你的人類父母嗎？你知道他們在哪兒嗎？」知宵問。

「不知道，不過母親答應會帶我去見他們。如果我想回到他們身邊，她也不會反對。」

「你會回去嗎？還是準備洗去人類的血統，完全變成姑獲鳥？」柳真真問。

「我想明白了，我不恨我的母親，並不是真的想離開她。不過，現在的我不想完全變成姑獲鳥。斑說得對，我就是我自己，是一個被姑獲鳥養大的人類孩子。」

「沒錯，你要接受自己，比如說，喜歡收藏一大堆噴霧和壞脾氣。」柳真真

「我又不是為了可愛才來到這個世界上的！」

金銀先生無奈的說：「螭吻大人，您和首領的關係剛剛有所緩和，請您還是多多注意言行吧。」

「才沒有緩和呢，不然她怎麼不向我道謝，我也幫了不少忙呀！要我說，如果十九星不是臥床不起，準會把我趕走。」螭吻笑著說，但聽起來有些傷感。知宵不禁又好奇，這兩位高級妖怪之間到底有什麼恩怨呢？

很快，羽佑鄉的風波就在妖界傳開了，妖怪客棧的房客們都不遺餘力的四處吹噓自己的功勞。螭吻也跟這些房客們一起，四處宣揚妖怪客棧幫忙打破姑獲鳥的陰謀，挽救羽佑鄉的事，妖怪客棧在妖界的名氣越來越大，慕名而來要入住客棧的妖怪越來越多了。

知宵的媽媽對於妖怪客棧收到越來越多的房租這件事特別滿意，其實她也多少了解到，知宵他們似乎做了一件了不得的大事，心裡也很高興呢。不過，她對妖怪心存芥蒂，也不可能一時之間消失。

妖怪房客們還重拾壞習慣，迷上了捉弄知宵，客棧裡設滿了針對他的陷阱，其中最起勁的就是咕嚕嚕和嘩啦啦。此外，茶來繼續把知宵當成免費勞工使用，每次知宵去妖怪客棧，都被安排幹很多活兒，要麼是去拔會到處跑的野草，要麼是照顧樂滋滋，沒有一件輕鬆事。

另外，因為迪迪的老闆木汀已經被捉住了，迪迪再也不用每天幹活兒到深夜。現在，她終於可以每個月準時參加鼠妖雅集啦！

知宵看著如今熱熱鬧鬧的妖怪客棧，心想：今後，這裡一定還會發生更多有趣的事情！

國家圖書館出版品預行編目 (CIP) 資料

妖怪客棧 1, 姑獲鳥的紛爭 / 楊翠著 .
-- 初版 . -- 新北市 : 悅智文化館 , 2019.09
248 面 ; 14.7×21 公分 . --
ISBN 978-986-7018-33-5(平裝)

863.59 108009285

妖怪客棧 1
姑獲鳥的紛爭

作　　者 / 楊翠
總 編 輯 / 徐昱
編　　輯 / 巫芷紜
封面繪製 / 古依平
執行美編 / 古依平

出 版 者 / 悅智文化事業有限公司
地　　址 / 新北市板橋區板新路 206 號 3 樓
電　　話 / 02-8952-4078
傳　　真 / 02-8952-4084
電子郵件 / insightndelight@gmail.com

戶　　名 / 悅智文化事業有限公司
郵政劃撥帳號 / 19452608

本書臺灣繁體版由四川一覽文化傳播廣告有限公司代理，經上海火雀文化傳媒有限公司及安徽少年兒童出版社授權出版。

初版一刷 2019 年 9 月　定價 240 元

無限循環翻翻樂

看完《妖怪客棧1》，你是不是也很想踏進妖怪客棧的大門，認識一下住在那裡的奇妙房客？現在，只要按照背面的步驟，就能做出一個超好玩的「翻翻樂」，體驗變幻莫測的神奇感喔！

妖怪
1
鳥的紛爭